诺尔乌萨 —— 著

闪烁在
大地上的星宿

北方文藝出版社

图书在版编目(CIP)数据

闪烁在大地上的星宿 / 诺尔乌萨著. —— 哈尔滨：北方文艺出版社，2021.10
ISBN 978-7-5317-5188-5

Ⅰ.①闪… Ⅱ.①诺… Ⅲ.①散文集 – 中国 – 当代 Ⅳ.①I267

中国版本图书馆 CIP 数据核字(2021)第 130266 号

闪烁在大地上的星宿
SHANSHUO ZAI DADI SHANG DE XINGXIU

作　者 / 诺尔乌萨

责任编辑 / 李正刚　　　　　封面设计 / 书香力扬

出版发行 / 北方文艺出版社　　网　址 / www.bfwy.com
邮　编 / 150008　　　　　　　经　销 / 新华书店
地　址 / 哈尔滨市南岗区宣庆小区 1 号楼
发行电话 / (0451) 86825533

印　刷 / 成都兴怡包装装潢有限公司　　开　本 / 787mm×1092mm　1/16
字　数 / 224 千　　　　　　　　　　　印　张 / 12.25
版　次 / 2021 年 12 月第 1 版　　　　 印　次 / 2022 年 1 月第 1 次印刷

书　号 / ISBN 978-7-5317-5188-5　　　定　价 / 58.00 元

目录 CONTENTS

装缀人的土地	001
荞麦为什么与母亲齐名	006
应把洋芋放在心灵的高地上	012
"堵"或者"哈什"	017
银　锭	022
知事在少年	026
云　雾	030
大雁归来的日子	037
别样人别样的生活	041
崇尚礼节	047
引以为戒	050
迫不得已	056
我与狗	061
神　话	065
有言在先	071

闪烁在大地上的星宿

母　语	075
话说一只鸡	081
神灵没有动怒	087
经师魂尚在	091
古　戈	095
我的尊严从何而来	099
雪线之上的羊	104
高贵的"阿普括"	109
换个地方去擀毡	114
坐在悬崖上的人	118
羊胆与猪胆	122
做美事	126
格　言	130
两重天里的孩子	134
山寨及时雨	137
闪烁在大地上的星宿	141
舅舅寨的憧憬	148
索诺阿杜博山上的传说	155
乐在其中	159
亲人如光（外一篇）	164
保持沉默	172
亲情树	176
德　古	183

装缀人的土地

我们的谚语句句来源于社会生活，是对社会生活的形象总结。人靠地装缀，地靠庄稼来装缀。这仿佛说的是西部凉山觉克瓦吾山下，我们那些亲人和养育了我们的那片土地。

而那片土地并非唾手而得。

历来喜欢追逐山水风光，热衷于游牧与迁徙，信奉"一处不宜居三年"的先辈，在金沙江南北两岸，历经辗转，到了爷爷这代，来到西部凉山觉克瓦吾山下，意外停住了不知疲惫的脚步。

觉克瓦吾山，以自身海拔四千多米的伟岸身躯，宛如一把巨扇，高高屹立在西北方，挡住了每年冬天南下的寒气，守护着一片宁静与温暖。

这片向南延伸而宁静的山野上，到处弥漫着浓烈的山野气息。看到四周等待勤劳者开垦的一片片土地，爷爷奶奶觉得仿佛是来到了自己曾经梦想过的地方。

面对大片的处女地，他俩感到从未有过的激动。而这片心仪的土地，就像是一块巨大的磁石，激发了爷爷奶奶浑身的干劲。看风水，选宅基，择吉日。为了抢在雨季尚未到来的初春前建房，爷爷匆忙挥起的锄头，打破了这里古老的宁静。他平出了一百多平方米的屋基，挖好了基槽。

在一阵阵浓烈的泥土芳香中，体格魁梧高大的爷爷一直埋头夯墙、冲墙，偶尔抬头时，满头的汗水、肩臂上凸出的黝黑肌肉，在春光里，就像是夜幕上的星星，闪闪发光。而我那个年轻的奶奶呢，她顾不上细嫩美丽的脸蛋和一身崭新的着装，在一旁一撮箕一撮箕、不停地往夹板里倒泥土，两个梳着发鬏、满脸斑驳的小孩在旁边快乐玩耍。恰在那天，一个新认识的人路过，看见爷爷奶奶在这荒郊野岭风风火火地建屋，便不可思议地驻足问道："诺尔依伙，你一个既没有奴仆，也没有牛羊牲畜的穷光蛋，建偌大一座泥屋干啥？"听了路人的话，爷爷只是抬起头，慢慢收住捏紧拳头的左手，用右手的食指在左臂凸起的一坨坨发黑发亮的肌肉上比画着说："我的牛羊在这儿，我的金银在这儿，我的粮食在这儿。"然后埋头冲墙，那人听后，只好摇头而去。

　　白昼一天一天地爬过去，新房的墙体一圈一圈地往上垒，房屋一天一天地高起来。爷爷冲墙的位置越来越高，泥土全是奶奶一背篼一背篼背上去的。爷爷奶奶浑身咸咸的汗水不尽流淌，流进了脚下的墙体里，流进了脚下的泥土里，流进了觉克瓦吾山下的土地里，从此，这里的土地多了一份咸味，多了一种气质，多了一个梦想。

　　不到一个月的工夫，一座宽大的红色泥屋落成了，盖好了新房，左右两侧还搭上了猪圈牛羊圈，形成了这里第一个完好的四合院。

　　爷爷奶奶很有把握、信心十足地举起锄头，一锄一锄地挖，一天接一天地挖，在四周山野上开垦出了成片成片的红土地，红土在蓝天下勾出了一幅希望的图景。

　　那年春天，他俩在红土上撒下了燕麦，种下了荞麦和土豆，用晶莹的汗水浇灌这片土地。夏天，山地上的庄稼绿油油的，把山野涂抹成一片绿色，爷爷奶奶只要有空闲，就往那里望，心头便是乐滋滋的。到了秋天，庄稼成熟了，是丰收的一年。

　　四五月间，土豆和荞麦开出雪白的花朵，七八月间，变成了绿油油的一片片，然后是秋天的金黄色，人走在其中，仿佛是穿行于一幅幅图画里，真是装缀人！

　　觉克瓦吾山下的燕麦虽说灌浆晚，熟得晚，但浆水充足饱满，磨出的糌粑面又白又香又扛饿；这里的荞麦如密林，荞麦面又白又细，煮荞粑，煨荞粑，口感清香又有淡淡的甜味，慢吞细嚼回味无穷；这里的土豆个数多，个儿大，吃起来绵而不腻，一季收成一年也吃不完。

这，坚定了他俩在这里居住生活下去的信心。

从此，山坡上一年一茬的燕麦、荞麦、土豆，一年又一年地养育着我的爷爷奶奶一家人。

爷爷奶奶在这间弥漫泥土芳香的红色泥屋里，相濡以沫，早出晚归，披星戴月，勤劳治家。在这里，他俩一共养育了六个儿子与三个女儿。

一家人，十一张嘴的饭食做起来也不容易。每天早晚一大撮箕土豆，洗了半天，满满的一大锅，煮熟了，捞起来，热气腾腾端在火塘下方，九兄妹一窝蜂拥过去，每个孩子捡两三个，眨眼间，一大撮箕土豆被一扫而光，只剩下一个空撮箕。

弄一大簸箕荞粑也是如此。

一家人，一年四季粗茶淡饭，但儿女们依然肯长，一个个比撂上去的还要长得快。

每天早晨，一家人要出工，九个孩子，酷似一群雏鹰，飞向四周山野，挖地种地、薅草、放牧、拾粪、拾柴。黄昏归来时，有的背水来，有的背柴来，有的赶着牛羊来，有的捡粪来，有的扛着农具来……各尽其能，各施其责，相继成了父母的有力助手，牢牢地撑起了这个来之不易的家。

男大当婚，女大当嫁。不久，兄妹九人各自成家立业。他们围绕爷爷奶奶房屋周围，盖起了一座座古朴的瓦板房，形成了一个小寨子。

父亲他们那一代，一个个不仅秉承了爷爷奶奶的身高和相貌，也秉承了他们身上俭朴、能吃苦、勤劳持家的优良传统，各自专心侍弄山上的土地，勤劳饲养家里的牛羊，不到几年，土地成片，牛羊成群。

步入二十世纪三四十年代，觉克瓦吾山下的人烟引来了外地客商，当然，最先交换的内容大都是粮食、牲畜、皮张、盐巴和布匹等古朴的东西。渐渐，山寨里出现了沉甸甸的银锭，父亲他们用粮食和牲畜从外来商人手中换回了银锭。从那时候起，在这么一个传统的寨子里，家家户户都拥有了数量不菲的银锭。

不言而喻，父亲他们这代人，抛弃了"一处不宜居三年"的旧俗，是被埋葬于这里的爷爷奶奶、成群的牛羊、积攒的银锭、有情的土地和土地上丰富的物产留住了。

时光流逝如水。到了爷奶的孙辈，也就是我们这一代，觉克瓦吾山下形成了一个三十多户人家的大寨子，在我的记忆里，也有了一个叫依地尔的名字。

依地尔的山、依地尔的水、依地尔的土地、依地尔的阳光、依地尔四周绿色的森林和纯美的空气养育了我们。我们依然吃着这里出产的燕麦、荞麦、土豆和玉米长大。我们放猪放羊，背水拾柴捡粪。

我五六岁时，已经是在二十世纪六十年代末，我们的依地尔已经人烟稠密。值得夸耀和难舍的是，我们在依地尔居住六七十年，虽然一度经历了艰难困苦，但没有一具饿殍，没有一个人病死，没有一个人凶死，更没有一个小孩夭折过，这也许是空前的。

虽然山还是那些山，河还是那些河，土地还是那片土地，可时代变迁了。我们顺应历史潮流，我们信守一句千古不变的谚语："山上长什么样的草，羊就吃什么；世上出什么样的律令，人们就遵从什么。"我们顺应新时代。新社会的阳光照进了觉克瓦吾山下，放牧牛羊不再是我们唯一的选择，靠土地靠挖锄生活不再是我们唯一的出路。我们饲养牛羊，我们紧握手中的挖锄，深深扎根于土地的同时，我们有的亲人已把自己的孩子送进当地一所粉刷洁白和充满阳光的学校。

上学后，每天出门前，父母总是叮嘱我们好好学习，我们总是答应着。可到了学校，在教室里，尽管来自山外的老师十分卖力地教，我们还是在讲台下面玩我们的，彼此不太相干。老师听不懂学生的话，学生也听不懂老师的话，真是瞎子牵瞎子啊！但我们还是懵懵懂懂地跟着走，整天还是"a、o、e……"地跟着老师吼叫着。一直稀里糊涂地跟到了三四年级，我们这才说得来简单的汉语，这才认得来课本上那些像蚂蚁的汉字，这才理解一些简单汉字的意思，渐渐，我们对学习有了兴趣，这才"上路了"。

从那以后，我们读书连吃奶的力气都用上了，个个做到不迟到，不早退。白天认真听老师讲；夜里住校时，在灯光下认真做作业；走读时，在家里火塘边点上煤油灯或松明用功。功夫不负有心人。后来，觉克瓦吾山下有一茬接一茬的孩子小学毕业、初中毕业，有的高中毕业后考上了外面的学校，我们的寨子开始陆续出现中专生、大专生、本科生，破天荒有了在城里工作的人。

每当逢年过节，我们在城里读书的、工作的，都会回到觉克瓦吾山，带回香烟好酒和别样的生活良习。见了我们，亲人们一面是羡慕，一面是觉得孩子读书容易成器。

一些亲人远走，更多的亲人却注定留下。

现在驻足回望，我们悠长而庞杂的家史中，爷爷奶奶这条支脉，仿佛是一条悠悠河流，流到这里，突然停住了。沁润脚下的土地，孕育出一片郁郁葱葱的花草树木。

在觉克瓦吾山下，这个就像花草树木一样繁茂的家族，如今数一数家谱，已有八代，形成了几个连片的山寨。我想，"我的牛羊在这儿，我的金银在这儿，我的粮食在这儿"，一直在记忆里回荡的这句爷爷的话，在今天，似乎有了更多更新的诠释。财富源于自己的手臂。他的比画，他这句发人深省的话还在鞭策和激励他的晚辈，鞭策和激励着我们几代人。

人靠地装缀，地靠庄稼来装缀。觉克瓦吾山下，那是一块装缀人的土地。

闪烁在大地上的星宿

荞麦为什么与母亲齐名

"觉祖阿母依,甘祖格史依"——这是我们彝族谚语,翻译成汉语是:世上母亲最崇高,五谷荞麦最高贵。

流传自远古的谚语里,我们的先辈之所以唯独把荞麦比喻成与母亲一样崇高和伟大,而且至今,这句谚语依然在祖先选中的这片土地上广为流传,脍炙人口,在已经发黄的典籍《玛牧特依》《勒俄特依》里弥漫清香,那是因为荞麦与我们这个民族一路生死相依,相伴而来。

荞麦就像我们彝族人慈祥的母亲,一直以自己珍贵的乳汁,一代又一代地养育着我们这个历经坎坷的民族,从不间断。

历经漫长的历史,即使到了社会飞速发展、生产生活发生巨变的今天,在云贵高原这片广袤的群山上,在我们四川大小凉山,凡是有人烟的地方,那些几分寂寞的山野上,或我们所走过的山路两边,或零星或成片的山地上,夏天,绿油油的荞麦覆盖山野;秋天,荞麦把山野涂抹成一片又一片的金黄。收割后,密密麻麻的荞麦垛,把山野勾勒出奇特的景象,一直吸引或刷新所有过往的目光。

单就西部凉山,在高高的觉克瓦吾山下,一个十分僻静且微不足道的山旮旯,就我那些亲人而言,荞麦一直是他们的生命之粮。荞麦,就像母亲一样延续了我们一代又一代人的生命。

而且这样的历史,由来已久。

那年春天,爷爷奶奶满怀喜悦,开垦了那片酸性红土地,种下了荞麦。

夏天，荞麦花开，灿烂成片，花香弥漫山野，闪耀于觉克瓦吾山下；到了秋天，金黄的荞麦高过人头，浩瀚如林，人在其中，仿佛是穿行于清幽的密林中。

真是叫天从人愿。就在开始打荞麦的那天，秋高气爽，打麦场上的粮埂粗壮，就连成年男子也很难跨越。见此，爷爷奶奶一家人满怀丰收喜悦。爱好吹笛的爷爷折下一根麦秸秆，削成一支短笛，烙出七个孔，坐在场边爽朗的秋风里，在阵阵荞麦清香萦绕中，吹奏了几首悠悠扬扬的乐曲。乐声倾诉了远离亲人的孤独、寂寞与忧伤，倾诉了这一路为生活而来的艰辛，也抒发了一家人当时内心丰收的喜悦。

慢慢，这变成了一个典故。从此，人们一直传扬："觉克瓦吾山下的荞麦秸秆可当笛子吹。"弦外之意，这里的荞麦秆粗壮，长势如密林，这里是盛产荞麦的好地方。

这话随风随雨，越过森林、高山、深峡，被送进他乡异地人的耳里。于是，那些热爱荞麦的人们，寻找荞麦的人们，渴望丰收荞麦的人们，不惧艰难险阻，从北部、东部、南部凉山纷纷向觉克瓦吾山下乔迁，迁徙的脚步声从未停止：继爷爷奶奶之后，格布、沙马、莫色、瓦扎、吉则、吉东、迪惹、阿勒陆续到达这里。这十多种姓氏的族人先后像潮水般陆续涌入这片土地上的另一些地方，居住和生活在这里，开垦这里的一片片山野，在这里种植荞麦而生，成了这片土地上最先的主人。是他们用自己的双手抒写了在这里种植荞麦的厚重的历史。

不言而喻，是母亲一样的荞麦，深深吸引了来自异域他乡的人，是荞麦亲手缔造了西部凉山觉克瓦吾山下的这些山寨。

到了我记事的年纪，这十多种姓氏的亲人们，已在觉克瓦吾山下形成了大大小小十多个蘑菇状的山寨。他们种植最多的，依然是荞麦。他们为拥有荞麦而自豪，一直以种植荞麦、吃荞粑长大的人而自居。

然而，荞麦的种植和收割并不像其他高山农作物一样简单，它对天气有特殊的要求。

每年春天，趁天还没有亮，山野一片宁静，无风，在无须担忧麦粒和蓄粪被风吹散的早晨，人们便早早来到贫瘠的山地上。男人们在前面犁耕，女人们在后面把麦粒种下，施以少量的蓄肥。于是，大片大片的山地，在亲人们的勤劳中变成了一片片荞麦地。

种粒在微量的蓄肥和土壤的包裹中渐渐潮湿、焐热，长出嫩芽，勇敢地顶破土皮，形成幼苗，长成细嫩的青苗。细嫩的青叶，以天真而清秀的稚脸迎接明亮的天地，迎接灿烂的阳光，还勇敢地面对和抵御五六月间肆无忌惮的暴风雨和冰雹。

这时候，人们便开始伺候它。薅草，除去荞麦间的杂草，让荞麦在宽松、通透、舒适和愉快的环境中成长。

七八月间，虽说不用手，不用锄伺候，但还是需要用心、用眼睛伺候荞麦。主人利用每天早晚或白天放牧劳作的时间，到荞麦地边转一转，看看长势是否良好，是否有什么牲畜来糟蹋，看看郁郁葱葱的荞麦是否遭遇了狂风暴雨或冰雹。在主人用心的保护下，不久，荞麦的秸秆逐渐长粗、长高，菱形的叶子变宽变大，跟着开出白色、粉红色的花朵。

初夏是荞花盛开的季节，也是觉克瓦吾山下呈现出一派诗意浪漫的季节。你若行走在山路上，株株荞麦，亭亭玉立，楚楚动人，就像少女时期的母亲们。一片片荞麦花开，铺天盖地，让人仿佛徜徉于花的海洋。到处流淌的空气里，弥漫浓浓花香，仿佛是高山少女身上的气息，随风阵阵扑鼻而来，不仅醉了眼睛，更醉了心。

彩蝶在白色的、粉红色的荞花上留恋飞舞；嘤嘤嗡嗡的蜜蜂在荞花上弹奏出美妙生动的乐章，在你的耳际久久萦绕、回荡，像是诗意盎然、美不胜收的人间仙境，更像是一幅让人惊叹不已的巨型油彩画。

荞花开过后，青色的秸秆渐渐变成绛紫色，开始结出乳头状的青粒。青粒逐渐变成红色、黄色，最后变成黑色，荞麦成熟在金秋时节。这时，故乡的山野上，到处弥漫荞麦成熟的清香，仿佛是母亲怀里的气息。

一转眼，到了收割荞麦的时候。

秋雨连绵的早晨，人们带上镰刀、皮绳和一口袋生土豆，怀着丰收的喜悦，一路伴随着绵绵细雨，纷纷向荞麦地进发。这样的天气，麦粒不易脱落。

人们一直弯腰，任凭雨水浇淋，一把又一把，一排又一排地收割荞麦，割下的荞麦被一垛一垛立在地上，密密麻麻，等待晴天荞麦晒干，然后打荞麦。

十天半月后，终于迎来连日炎热的天气。这样的天气，麦粒容易脱落。亲人们背负着烈日和汗水，一背又一背，一趟又一趟地把荞麦背往地边的打麦场。在烈日下打荞麦，扬场，用麻袋、布袋、皮袋、编织袋和厚实的大塑料袋收装荞麦，然后是人背马驮车拉，家家户户往家里搬运荞麦。你若站在远处看，一条条四通八达的山路上，搬运荞麦的人们，就像蚂蚁搬家，密密麻麻，到处是热闹和繁忙的景象，也是故乡人秋收的景象。

就像是母亲铸就了我们的生命，铸就了我们的品性；荞麦啊，既铸就了觉克瓦吾山下亲人们冒雨劳作的勇敢，也铸就了他们不惧烈日，汗流浃背劳作的坚强性格！

秋收结束，把荞麦收进家里，一家人坐在火塘边歇气。看见火塘对面楼上楼下的屋角堆满了鼓鼓囊囊的荞麦袋，不愁吃，不愁饿，估计还有相当的余粮卖钱，一家人的心里满是沉甸甸的踏实，不由分说也是乐滋滋的。

在我们山寨，每个亲人，从初生的婴儿直到变成老人和最后去世都离不开荞麦，荞麦成了贯穿我们生命始终的粮食与营养。

每当有新生婴儿呱呱坠地，首要的是给婴儿举行"洗头"仪式，在品种丰富的食物中，做一钵先炒后煮的荞麦丸，把热气腾腾，清香四溢的荞麦丸端在母婴面前，让满身汗水、精疲力竭的产妇食用，补充消耗殆尽的体能。夹一点在婴儿的嘴皮上抹一抹，让刚出世的婴儿接受荞麦的精气，祝福婴儿像荞麦一样茁壮成长，像荞麦一样受人喜欢与尊崇。是女孩，祝福她像蓝天白云下的荞花一样艳丽多姿；是男孩，祝福他像狂风暴雨中的荞麦一样坚强勇敢。

不论男女，每当最后离世时，也要为逝者揉一块荞粑，我们叫"啥卡"，就是寿粑，把它煨熟后，放在灵柩上，让逝者一路带上，让逝者在那个遥远的世界里也确保温饱，以免成为饥饿的灵魂，让活着的亲人们担忧。

每天早晚，母亲生火做饭，把大簸箕放在火塘下侧，倒入荞麦面，再倒入清水和面，揉成圆块的荞粑，无论是锅里煮的，火塘里煨的，还是干锅里烤的千层粑，一家人都喜欢。掰一块熟荞粑放在嘴里，开头有些苦涩，慢慢嚼，渐渐会感到甘甜，就像是母亲的乳汁。这样的荞粑，老人食用后，带孙儿孙女玩，看猪看鸡，看守家园，确保家园的安宁；壮男壮女食用后，出门耕种挖地，背水拾柴干重活，为生活忙碌；小孩食用后，出去读书放猪放牛羊，茁壮成长。

久而久之，觉克瓦吾山下亲人们，从食用土豆、燕麦、玉米和荞麦中，总结出了一条颠扑不破的真理：食五谷杂粮，唯有荞麦，横食竖食，生食熟食，半生半熟而食，不亏肚，不坏肚，安全——这让觉克瓦吾山下的荞麦倍受人们的喜爱。而荞麦的食用方法，经过漫长的岁月，除了传统的煨煮外，时下，已被不甘落后的亲人们弄出了许多新花样：蒸荞粑、荞馒头、荞饼、荞麦丸、荞凉粉、荞麦粥……苦荞茶应运而生，人们的嘴巴简直是应接不暇。

但最精美、最受喜爱的，莫过于广受赞誉的"荞粑配羊肉"。

"荞粑配羊肉"，顾名思义，荞粑块与坨坨羊肉煮成一锅，熟了，各捞各的，在羊肉坨上撒上适量的食盐，荞粑配羊肉食用，汤鲜肉美荞粑香。这样的美食，这样的搭配从久远的年代，在我们彝地山乡，已经成了天造地设的一对，是一道香味十足、可口鲜美的饭食。

回想过去艰难的日子，如此精美的饭食，只有高贵的客人到家才能享用，主人家眼巴巴地望着，只有等待客人吃剩才能吃到。而现在，随着社会不断发展进步，在我们彝区，从乡村到城市，人们吃上一顿荞粑配羊肉，已不再是一件什么难事，甚至是轻而易举。但它的味美依然在其他美食之上，人们对它依然赞不绝口。

觉克瓦吾山下的荞麦养育了男人壮实的体格和担当重活的体能，养育了女人勤劳治家的本领。人们饱经风霜的皮肤，又黑又粗的头发，洁白的牙齿，都是荞粑养育的杰作！

觉克瓦吾山下的人们，从小吃荞粑长大，觉得自己身上长的是荞麦的肉，流的是荞麦的血。荞麦赋予了亲人们自强不息的精神。同时，人们也喜欢用荞粑比喻和形容一个人。对于那些身材矮小、体弱、懒惰、无能的孬种，人们管他们叫"白吃荞粑的人"；对于那些身材高大，力强，做事勤快的能人强人,称他们是"吃荞粑长大的人"。在我们的家乡,荞粑已成了坚强、勤劳的象征,母亲的代名词。

  回眸一百多年来的历史,看看觉克瓦吾山下的亲人们,种荞麦、吃荞粑、被荞麦养育,年年人丁兴旺。而荞麦自己呢,它们也一年复一年,在亲人们的苦心经营下,把自己深深植根于觉克瓦吾山下的泥土里,扎根于亲人们的生活中,扎根于亲人们的生命里,让一代又一代人的生命郁郁葱葱,焕发奕奕神采。

闪烁在大地上的星宿

应把洋芋放在心灵的高地上

这些出产于故乡山地上的洋芋，看似笨头笨脑、灰头垢面，但我们不能小视它们。其实，我们一步也未曾离开过它们。

小时候，记得每当山里夜深人静，屋里没有灯光，没有电视。在火塘旁黯淡而悠然的火光里，一家人默默而坐，打发睡前的时光。这时，母亲常常回到自己的少女时代，回到那个遥远的世界。她回忆道："有了孤惹阿史后，没有哪夜不担心；有了瓦布洋芋后，没有哪夜不饱暖。"边说边往火塘里添着柴棒。

我们呢，这时候常常望着母亲那张被当时的动荡时局和年年饥荒困扰成忧伤的面孔，黯然神伤。

孤惹阿史是何许人？他是母亲那代人年轻时在我们那儿最爱挑起战事的一个地方首领。他发迹的年代，大致是在抗战结束，解放战争开始的时候，距今已有七十多年的历史。

十分明显，七十多年前的那个世界，也许留给母亲她们那代的人是两种深刻且截然不同的记忆。其一是战争。因为战争连年，夺去了母亲她们本该天真烂漫、诗情画意的少女时代，让她们经常提心吊胆，不得安宁。残酷的战争使生灵涂炭，让人们流血牺牲，骨肉分离，哀鸿遍野，让无辜的百姓饱受战争的痛苦。

后来的人们之所以痛恨孤惹阿史，实际上就是痛恨战争。

其二是生活。母亲她们之所以青睐瓦布洋芋，甚至记忆犹新，那是因为瓦布洋芋代表了那个年代的生活，瓦布洋芋给她们那个年代的人留下了温饱而难忘的生活记忆。

瓦布洋芋，是我们山里每年栽种的洋芋的一个品种。之所以取名为"瓦布"，那是因为它就像母鸡一样繁殖快。事实也如此。每年春天，把一个瓦布洋芋丢进土壤里，施上粪料，夯上土，夏天能产一窝新洋芋，一窝新洋芋就是十几个。来年的春天，再把其中一个丢进土里，到了夏天又是一窝新洋芋——就像一只母鸡，能产许多蛋，蛋又孵出一窝小鸡。瓦布洋芋，由此而得名。

储存在母亲记忆里的段段历史，实际上是代表着一群人、一方人、一个民族、一代人的记忆。

可见，洋芋与我们山里人难舍难分，与我们同甘共苦的历史可谓由来已久，甚至可以追溯到更久远的年代。

即使到了我们这一代，在我的记忆里，我们与洋芋依然是密不可分。

每年的春天，山里总是青黄不接，家家户户避免不了要过上一段"外面斑鸠叫，屋里孩子哭"的艰难日子。这时候，人们唯一想起的，就是头年被遗漏在地里的老洋芋。

就在这个季节，在父母的吩咐下，每天一大早，我们一个个空着肚子，光着小脚板，背着小背篓，装上一把锄头，朝寨子对面山上的洋芋地进发。

到了洋芋地，我们埋着头，个个睁大眼睛，来回反复寻找洋芋破土而出的嫩绿芽，那是在寻找生命。我们梦想脚下这片土地全被洋芋的嫩绿芽覆盖；我们梦想眼前的土层下全是密密麻麻的老洋芋；我们梦想一下子把背篓装得满满当当的，高高兴兴回家。

但这怎么可能呢？遗留在地里的老洋芋毕竟是少数，可我们不放弃，持之以恒，继续寻找。找不到老洋芋，誓不罢休，那是活着的需要，是维持生命的需要。

记得每当找到一窝老洋芋的嫩绿芽，我们都觉得如获至宝，兴奋不已，仿佛是寻回了自己失落已久的生命。

可这样的洋芋，其播种又是如此简单，依然是传统的方式。

每年三月，把傻头傻脑的洋芋草率地丢进贫瘠的土壤里，施一点畜粪，用土盖上，很快便生长出嫩芽，长成了绿油油的一片。到了六月间，绿色的山野消失了，变成一块块雪白耀眼的花海，铺成一片雪白的世界，让山野上放牧和劳作的人以及过往的行人不得不驻足观赏。

洋芋枝梢上开出白色花朵的同时，在土壤里的根须上也开始结出母鸡卵巢上小蛋般密密麻麻的小洋芋。小洋芋在湿润且弥漫芳香的土壤里一天比一天长大。但长大的节奏怎么也跟不上人们食用新洋芋的迫切心情，一直忍受着饥饿的人们巴不得一夜间所有的洋芋都变大变成熟。

我十分清晰地记得，吃上第一顿新洋芋，那是一家人最高兴的时候，仅次于现在的过节。

我们家把新挖来的洋芋煮在锅里，父亲不停地在上面的锅里翻洋芋，母亲不断往锅底下添干柴。过了一阵，刚从锅里捞出来的、热气腾腾的满满一簸箕新洋芋放在火塘下方，我们弟兄姊妹便围着簸箕吃洋芋。

这时，父亲满脸笑容，嘴上不停地叫孩子们吃，自己却迟迟不动手，坐在火塘边自顾自地抽他的兰花烟。

母亲在旁边对我们说，慢慢吃，不要噎着，这么大的一簸箕洋芋，谁吃得完。同时，母亲把煮开花的、大个的洋芋挨个捡给孩子们，而我们却从来没有注意到自己的父母为什么不吃，有没有吃，吃饱没有，现在想来，感到无比羞赧与愧疚。

其实，盼望新洋芋，得到新洋芋，感到高兴的，岂止是我们一家人，岂止是寨子里的人，家里的猪狗们更是如此！

在这个季节前，寨里所有看家护院的狗，在清苦的日子里，早已饿扁了肚子，擅离职守，从早到晚，有气无力地趴在墙根上消磨时光。可熬到这个季节，吃上了新洋芋后，狗曾经饿扁的肚子一天天鼓圆起来，开始走出院，走出寨，在寨子四周转悠，开始履行职责。

夜里的吠声也一天天变得浑厚有力，让那些躲在四周林中、对寨子虎视眈眈的豺狼虎豹、野猪黑熊闻而生畏，不敢前来，确保了寨里人在夜里也能安然熟睡。

大大小小的一群猪，在圈里饿慌了，不停地用嘴拱门栅。一阵阵尖叫让人心慌，好不容易挨到新洋芋出来，给猪喂饱了新洋芋后，它们在圈窝里安静地熟睡成一堆，起伏成一片微澜，一家人的心这才平静下来。

喂猪的母亲，每次趁猪吃食时，总是习惯性地用沾满潲渣的手，捏一捏过年猪的颈背，掂量掂量一下猪膘。这样，母亲总是能十分准确地掌握着过年猪的膘情，那膘情全靠地里的洋芋来催长。

白天在外面劳作而饿着的人，晚上进屋后，最快捷的充饥方式是，先刨开火种，烧上火，撮几个洋芋丢进火塘里，不停地翻烧几下。煮上一壶茶。洋芋烤熟了，把煳皮刮掉，露出金黄黄的洋芋，倒一碗茶，一口洋芋一口茶，吃得津津有味，空着的肚子很快垫了个底。

随着岁月的流逝，洋芋的食用方法也在不断更新。

洋芋的吃法除了传统的烧煮和煮汤，眼下，还有洋芋泥、洋芋粉、青椒洋芋丝、红烧洋芋、干煸洋芋丝、油炸洋芋……据有关资料记载，洋芋可做成六十多种菜。

一直与我们不离不弃的洋芋，来自泥土，像泥土一样真实，像泥土一样朴实，弥漫泥土的芳香，有泥土的品格。这也养育了我们这些山里人身上真诚淳朴的品格。

尽管这样，在我们山里人今天的生活中，只要稍加留意，我们的洋芋还是一直遭受着不应有的冷落。

看看我们的五谷杂粮，燕麦做成糌粑面，糌粑配鸡蛋，儿孙满堂的老人才配享用；苦荞做荞粑，荞粑配羊肉，是美食中的美食，待客的大餐，凡是食用过的人都赞不绝口。而唯独没有提及我们的洋芋。

逢年过节，端上祭台祭拜祖灵香喷喷的祭品中，有糌粑，有荞粑，却没有洋芋。因为人们认为洋芋土里土气，笨头笨脑，属于粗粮，不属于精粮细粮，不上档次。

每年春播，面对被树林、石群和沟坎分割成零零碎碎的山地，人们总是喜欢把低矮肥沃、土质松软、湿气十足的土地让给玉米和荞麦，把干燥、贫瘠的山地留给洋芋，明显是偏袒了玉米与荞麦，小视了洋芋。每年深秋，家家户户把燕麦和荞麦安全地装进袋子里，堆放在高处，视为宝贝，给予特殊的关爱与保护。而我们的洋芋呢，被随意堆放在火塘对面冰冷的墙脚，让其任意滚落，可洋芋还是忍气吞声，默默无闻地奉献出自己的一生。

如此低调的洋芋，我想，至少，我们这些从小吃洋芋长大的人，应该给予洋芋应有的尊严和地位，应该随时把洋芋放在自己心灵的高地上。

"堵"或者"哈什"

每年从春天一直到初冬，历经无数个日日夜夜和风霜雪雨，它们就这么一小块儿一小块儿地生长在几分寂寞的山野上，直到最后，在人们的遗忘里，把自己变成花白的一身。更可贵的是，在它们的内心里一直期盼的，却是一个个鲜活的生命，它们从来没有失去过悲悯情怀。可有多少人知道它们的名字，又有多少人知道它们对生长的要求是如此简单。

这就是我们的高山燕麦。

高山燕麦，我们彝语亲切地称之为"堵"或者"哈什"。

每年四五月间，春光明媚，正是我们山里彝族人撒燕麦的好时节。对了，我说的是撒，而不是播种。在几分寂寞的山坡上，前面，一个男人、一副犁、一条耕牛，简单、粗糙而孤独地耕地，后面只需有个人撒燕麦。

把籽实这么一把一把地随意抛撒在刚刚犁翻、弥漫芳香却瘠薄的山地上。

看似被人轻视、被人遗弃，一粒粒小小的籽实，无遮无拦，裸躺在泥土的表面，凭借自身与泥土接触的小小局部，凭借自身仅有的营养和土地的一点湿气以及对生命的执着，生根，发芽，拔地而起。

到了深秋或初冬，只要走在山野上，走在波峰浪谷的山路上，在路旁，在远近的山坡上，目光所及，到处是空闲的山地。

因为荞麦、土豆、河谷的玉米早已收进家里，放放心心装在口袋里，剩下的秸桩可怜兮兮地残留在地上，等待它们的命运是犁翻在土层下，变成腐质肥料，为来年的庄稼提供丰富的养料。

这时候，唯有我们的高山燕麦，全仗自己坚强的毅力，漫山遍野，还在一小块一小块、零零稀稀、白花花地簇生在冰冷的山地上，紧密团结成一片集体。所有的麦芒，直直刺向寒冷的天空，坚强地抵御着阴冷的风，与冬天抗衡，形成一道独特的风景，时时刻刻招惹行人的目光。

成熟的燕麦收回来，在场地上铺晒一段时日，临近彝历年，寨里人才开始用连枷打麦。

燕麦的籽实十分固执，喜欢躲在麦壳里，直到把麦壳打烂，没有了港湾，没有了庇护，籽实才肯出壳。

经过扬场，装袋收回家里，撮一些麦子放进锅里爆炒，炒黄，炒干，再筛去籽实上的毛刺，最后才磨成面，这就是珍贵的糌粑面，我们叫"说馍"，也叫"哈什说馍"。

不光是在撒燕麦的时候，在我们山里，至今，许多地方现代农机还不能广泛使用，牛依然充当农业生产的主要角色。春天播种、夏天开荒、秋天翻地，提供农家肥料与肉食，每家人一刻也离不开一条耕牛。耕牛一直脚踏实地，任劳任怨，默默无闻，最后为主人献出生命。

眼下，牛市上牛的价格也一直在攀升。一条耕牛被牵进市场，很快会招来一些买主，给主人带来大把大把的钱。

牛在我们山里人的生产生活里，始终占据十分重要的位置，尤其是耕牛。

可仔细想想，我们给予耕牛的待遇又是什么呢，无论是放养的，还是圈养的，至今在我们山里，喂耕牛的依然是草料。

而猫呢，偶尔捉一下老鼠，甚至因为当下社会物质生活水平提高了，猫和老鼠的生活水平也相应提高了，二者生活利益上的矛盾减少了，猫和老鼠不再完全敌对。猫见到老鼠，有时候睁只眼闭只眼，任由老鼠在屋子里自由穿梭。老鼠在猫面前，有时也大摇大摆，若无其事，几乎不把猫放在眼里。

在城里或乡下，我曾不止一次看到猫和老鼠共同在一堆垃圾里觅食，相安无事，化干戈为玉帛。除此之外，有些猫要么整日蜷缩在火塘边，要么躺在门前洒满阳光的地上，伸开四肢，尽情地享受着阳光的恩赐。

可是，我们的山里人家还是因循守旧，一味地偏袒着猫。一家人还是倾其所有，把揉好的糌粑拿来喂猫，让猫过着不劳而获的生活。

这样的猫，它该享用糌粑吗？

由此，我们有句俗话叫"劲由耕牛使，糌粑被猫吃"，说的是无功不受禄或不劳而获的人。当然，也用来指责那些骗取别人劳动成果的人和事。同时也表达了糌粑在我们山里人生活中的高贵地位。

我们高山燕麦在贫瘠的山地上艰难生长，自强不息，战胜恶劣的环境，最终成熟。它汇聚了日月精华，吸纳了山野的美妙气息。历经沉重的石磨打磨，变成囊中珍贵的糌粑，更加金贵，更富有生命力。

白天在外劳作的父母，夜里在火塘边，总对孩子说一些要孝敬老人的话："爷爷奶奶带你们，又背又抱，辛苦，长大后，要给爷爷奶奶背'说馍'鸡蛋来孝敬。"这时，孩子总是说："唉，我要背好多好多来。"以稚嫩的声音满口答应。火塘边的爷爷奶奶听孙儿孙女们这么说，满脸的皱纹舒展开了，觉得自己的孙儿孙女们有指望。因为在老人们看来，晚年的生活中，"哈什说馍"与鸡蛋是上好的食品。

老人到了生命的最后，享用其他什么精美的饭食都觉得索然无味，只是眯缝着双眼，整天坐在篾席上打发剩余的时光。可只要想起家里的糌粑面，心头就亮了。觉得饿了，便撑起颤巍巍的身躯，挪进内屋，从卧室里把宝贵的皮囊轻轻提到火塘边，打开皮囊，舀一碗清水，调上一碗糌粑水。糌粑的香味从碗里向满屋弥漫，老人把调好的糌粑粥咕噜咕噜地灌进肚，最后，用手撮一把糌粑面放进剩在碗底里的浆汁里，揉成一小坨馍，慢吞细嚼。末了，手一拍，嘴一抹，老人很快有了精神，全身轻松起来，照旧出门，在屋外转悠，看猪看鸡，看守家园。

出门远行的男人，进山打猎的猎人，燠热天为了避暑赶着羊群上山的牧羊人，临行前，家人总爱弄一袋糌粑给他们带上，外加一副碗筷，长年累月，行走在山水间，在哪里饿，就在哪里舀上一碗山泉，调一碗糌粑吃下去，饥饿和劳累便一扫而光。再高再长的山路，终究也会被远远甩在身后。在外一年半载，甚至更长的时间，返回家里，没有一点受委屈的样子，也没有一丝疲惫。

每年冬天,我们山里的母羊要下崽,母羊经历一番生死阵痛,终于如释重负,顺利脱产,把羊崽产在地上后,母羊回过头来,用自己的舌头一丝不苟地把羊崽身上的羊水和黏液舔舐干净后,轻轻抬起右后脚,给颤颤巍巍的羊崽喂奶,然后慢慢带它学步走路。偶尔也有母羊不珍爱自己的崽儿,产下羊崽后,就连头都不回一下,若无其事地走开了,把血淋淋的、还裹在胎盘中蠕动的小羔羊十分残忍地遗弃在身后,任它挣扎,我们彝语管这叫"惹阿西""惹阿日"——母羊弃子。

遭遇这样的事,老练的牧人一定会守护在旁边,寸步不离,轻轻剥掉羊崽身上的胎盘,随手从身边抓一把枯草或枝蔓,轻轻抹掉羊崽身上的血迹和黏液,然后用披毡把羊崽裹好抱回家。

到了家里,老牧人把小羊羔放在温暖的火塘旁。小羊羔柔软的四肢还是像散了架,颤抖得站不住,面临夭折的危险。紧要关头,经验十足的老牧人调上一小碗清淡的糌粑水,凑近羊羔的嘴,让它吮吸。

起初,不适应的小羊羔总是闭着嘴,不肯吃,还甩头,把糌粑汁甩得到处都是,全溅在自己和老牧人的身上,密密麻麻,脏乱不堪。

老牧人不肯放弃,索性掰开小羊羔的嘴,往里灌,就像母亲喂婴儿一般。他用食指轻轻把溢出的糌粑汁扫进小羊羔的嘴里,反反复复。

渐渐,小羊羔适应了这样的糌粑,自己学会了吮吸,还把附在嘴角的糌粑汁舔进嘴里。接着便能站起来了,开始走动。十天半月后,小羊羔成活了,总是"咩咩咩"地边叫边活蹦乱跳地跟着老牧人,也许是小羊羔把老牧人误当成自己的母亲了。渐渐,小羊羔被燕麦护送到自己能吃嫩草的春天里,夏天里,直至变为一只成年的羊。

我们的高山燕麦,让一只只被遗弃的小羊羔起死回生,赐予了它们生命与血肉。

我们的高山燕麦,我们的糌粑,成了生命的血液,奔流在一个个鲜活生命的血管里,托举着新的生命。

我们的高山燕麦,是生生不息的燕麦,是厮守山地的燕麦,是生命的燕麦。

如今，我们的高山燕麦也不甘寂寞于山里，在人们智慧的呵护下，变成了五彩缤纷的食品：燕麦饼、燕麦馒头、燕麦片、燕麦汁、燕麦酒……燕麦具有高营养、高能量，并且具有调节血糖、降血脂的功效，已悄然走进了城里，走进了应有尽有的超市，走进了琳琅满目的商店，爬上了一层层货架，吸引那些善于养生，珍惜生命的人不断前来光顾。

银　锭

在我还不谙世事的年岁，有天夜里，一家人照旧静静地围着火塘闲坐，打发睡前的时光，父亲和年长我十几岁的堂兄呷呷在闲聊。

呷呷是大叔家的老二。大叔早年去世，彼时呷呷正在盐源县中学读初中。每次周末或假期，他很少回家，只是去看一眼母亲和兄妹，之后必定来我家，那时他吃住都在我们家。

火光摇曳，把张张面孔映得红润欲滴，外面的夜渐渐宁静。

聊着聊着，父亲像是突然想起了什么，起身，以诡秘的目光瞟我一眼后，进入内室，一阵磨蹭，发出一串窸窸窣窣的响声。凭听觉，我们家那个一直被锁着，不让我们碰，十分神秘的黑色竹箱仿佛被他打开了。父亲回到原位时，他的左手拿着一件同样神秘的东西，用双手抹了抹，有尘土纷纷扬扬飘落在火塘边，然后依然用左手，悄悄把那神秘的东西传递给火塘对面的呷呷。呷呷用右手接过，如获至宝，东西很快被他揣进了衣兜里，一丝微笑掠过他的脸上。同时，父亲眼睛看着呷呷，嘴朝我努了一下，还说，切记这事不能让火塘下侧柱子根旁的"阿尼纳博"知道。

"阿尼纳博"是彝语"猫耳"的意思，这里指我。我被父亲取了个临时绰号。我隐隐觉得他俩在做一件神秘交易，且提防着我，怕我泄密。

其实，当时我压根不知道是咋回事。我只是恍惚觉得他俩手里的东西是刚从地里挖出来、表面糊有一层泥土的一坨铁，在他俩手中沉甸甸的，又笨头笨脑，形状如马蹄，也觉得那是一个土豆。可是，一坨铁也罢，一个土豆

银锭

也罢，当时对我来说都无关紧要，何必这么遮掩，这么神秘兮兮，我在思忖。

记得这样的事还有过三四次，而且，父亲递给呷呷的东西，有时是一个，有时是两个，有时是三四个，逐渐在增多，时间久了，没有人在意，他俩也就放松了警惕。有一次，他俩说漏了嘴，说那是"曲玛"。"曲玛"是彝语中银锭的意思。

渐渐，我有些懂事了。我知道大叔去世后，呷呷一家人成了孤儿寡母，家里穷，呷呷家无力支付他读书的费用。在整个家族中，我的父亲善良、有担当、责任感强、比较开明，他悄悄把家里这些艰难积攒下来的银锭，一次又一次，一个又一个，白白送给呷呷，让他拿到县城兑换成钱，用于学费，呷呷才勉强度过了艰难的高中三年，顺利完成了学业。由此，他也就成了那时候我们这个家族第一个懂汉语汉文的人，在所有亲人里鹤立鸡群，当时令我们十分羡慕。

后来，我还知道银锭曾关乎我们这个家族的生死。那是因为父亲早年有婚约，年轻的父亲却偏偏喜欢我年轻的母亲，他想解除前面的婚约，由此，我们家族卷进了一起婚姻纠纷之中。因蒙羞而愤怒的对方扬言要来杀我父亲，还经常派人来不断骚扰。

那段时日，我们家族不管男女老少，昼夜处在高度的战备状态，所有的男人白天挎起猎枪劳作，夜里握着枪睡觉；女人们不敢单独出门，时时结伴而行。

经过熟人的斡旋，双方终于结束了一年多的僵持局面，代价是我们家族要赔偿才能赎婚。

如果说，当时我们家族要是穷一点，承受能力差，对方的胃口也就不会那么大，赔个不是，给对方打上一两坛酒，杀一两头牛羊，或赔上几坨银锭，也就罢了。可恰恰那时候我们家族富裕，有银锭，这是众所周知的事，对方就是冲着我们家族家底厚实，一直要求我们诺尔家用两百个银锭来摆平。两百个银锭？那是多么让人惊讶的数字啊！是银锭，不是石头，可以随手捡来。经过反复斡旋，最后，说定一百个。一百个银锭也不少啊，作为庄稼人，靠土地，靠粮食，只饲养少量的牛羊，十几家人好几年才能积攒下几十个银锭，更何况现在是一百个。但是，由于理在对方，我们诺尔家只有同意了。

那天夜里，早已成家的叔叔们，姑舅姑妈们，整个山寨的所有亲戚，各自提着一只只装着银锭的小布袋和皮囊，纷纷聚到了爷爷家，这家三坨，那家五坨，倾囊相助，包括爷爷家自己的几十坨，终于凑够了一百坨银锭。一百坨银锭被倒进火塘下方的一张大簸箕里，堆成了一座小山，满屋亲人的目光也在银锭上堆成了一座小山，那是一座亲人们从未见过的小山！

紧接着，又用一张小簸箕，一次放十坨银锭，一簸箕一簸箕地数，把整个家族费力挣来的十簸箕银锭，如数且轻易地装进了对方手中两只贪婪的大皮袋，直到数完第十簸箕银锭，我们所有的布袋和皮囊都空了，满屋里所有的亲人都没有发出一点响声，没有一个人唉声叹气，保持着从未有过的镇静，这种镇静坚定而有力。

就这样，用这个家族共同凑足的一百坨银锭赎回了我父亲母亲的爱情，赎回了我父亲母亲一个共同的家，后来才有了我们这些儿女。

由此，整个山寨，一夜间被耗尽财力，突然变成了一个贫穷的山寨；一个曾经体面而有尊严的家族，一夜间却落进了困窘的处境。可没有一家人因心痛而气馁，没有一个人有半句怨言，所有亲人反而为换回了一片宁静，促成了一对新人而高兴。

从那以后，整个家族筚路蓝缕，勤劳治家，等到我们两个姐姐开始梳小辫子，整个家族的家家户户又过上了殷实的生活，一度离他们而去的银锭，又陆续回到了他们的手中。

富极而穷，穷极而富，风水轮流转。

整个家族安居乐业，衣食无忧。有一天，偌大一个寨子，除了爷爷奶奶留守家园，其余的亲人们全都携儿带女到大山背后另一个山寨去奔丧。夜里，由于三叔家失火，一场熊熊烈火把整个寨子烧得精光，幸好两位老人平安无事。

翌日早晨，所有亲人回来时，寨子已化为灰烬，面对眼前突如其来的灾难和惨状，女人们一个个捶胸顿足，呼天喊地，与儿女抱头哭成一片。男人们扛着损失巨大的沉重打击，在旁边或坐或站，依然抽着他们的兰花烟，默默承受起眼前这场空前的灾难。

  正在万念俱灰的绝望之际,亲人们这才想起各自埋在屋前屋后地里的银锭——这些银锭在泥土里,虽然已变得滚烫,但都安然无恙。他们纷纷掏出了自己的银锭。就是这些滚烫的银锭烘干了亲人们的眼泪,温暖了他们那一颗颗冰凉的心,抚慰了他们的绝望,真是天无绝人之路啊!

  亲人们靠这些幸存的银锭,很快在眼前这片已成焦土的废墟上建起了作为过度住宿的一间间栅栏房,用银锭在附近的山寨换来急需的粮食、衣物、猪鸡和牛羊,一家家从悲伤中重新站立起来。随后,又纷纷修建泥墙瓦板屋,白手起家。不久,一个完好如初的山寨,又诞生在那片熊熊烈火留下的废墟上。整个家族像枯木逢春,开始抽芽,枝头开始出现绿叶,最后是枝繁叶茂,绿荫匝地,日渐兴旺发达。

知事在少年

想想我们的谚语，正如长辈们所说，没有一句是空话，没有哪句不是事实，不够准确。比如"知事在少年，成人才有劲"这句，用它来比照自己的过去，比照一下现实，的确也是这样。

还是娃娃时，我矮小，力量小，辈分小。

由于不想屈服这个"小"字，我和寨里的孩子们委实羡慕大人。羡慕他们的高大，羡慕他们的力大，渴望一步成为他们那样高大能负重的人，像他们一样能背水、拾柴、犁地、扛枪、骑马、当"马脚子"。于是，我和寨子里的一大群孩子，决定模仿大人。

然而，由于先天性别不同，我们男孩和女孩模仿的方式和对象截然不同。女孩们喜欢模仿孩子的母亲。她们把旧衣旧裤搜集起来，捆扎成一坨，当成孩子，背在背上，在寨子里游荡。有时，抱在怀里，有趣地做喂奶的动作，也许是女孩们先天就有生儿育女的意识吧。

而我们男孩们呢，喜欢模仿寨子里的男人们，模仿他们所做的一切。

记得我们家有一条黑公狗，从小与我同步成长。我一直抱它，喂它，每天在门前的阳光地上逗它，把它带到寨子里到处玩耍，后来它成了我不可替代的小伙伴。到了我六七岁时，它已经长成了一条成年公狗，可它从小被我驯服，性格温柔，一直对我服服帖帖。

我们山里人靠土地吃饭，自然从小喜欢土地，喜欢土地上的庄稼。于是，我把黑公狗当成一条耕牛，我做了一副木犁枷担，用一条麻绳连起，套在它身上，在寨子背后的土地上"耕地"，我的右手扶犁，左手不停地挥动木条，赶牛，风风火火，"嗨……嗨……嗨"地吆喝着它犁地，感到威风。一两个小时后，假设在自己身后犁出了一大片土地，还不时回过头来一看，内心里仿佛很有一种成就感，认为自己正为来年的播种做准备。

我也希望成为一名常年在外跑托运的"马脚子"。有时候，我把黑公狗当成一匹马，我就扮演"马脚子"。这是事出有因的，记得我的父亲当时是队里的"马脚子"，隔三岔五，外出驮运货物，每次回来，总能给我们带回来几块红糖。那时的红糖特别珍贵，也特别甜，我们特别喜欢。渐渐，我误以为"马脚子"去的地方才有红糖。为了吃上红糖，我一直想当个"马脚子"。于是，我把家里的黑公狗套上一副用树根做成的马鞍，时而骑上，时而吆喝着，驮运东西，在外面溜达一圈，回来时，从衣兜里拿出几块石头当红糖，把伙伴们叫到身边，一人一块，他们也十分有趣，一个个还做出放进嘴里不停咬嚼的动作。

我们家的黑公狗最辛苦，除了白天黑夜守家园，还被我当牛当马地使唤，可它心甘情愿，后来我才想起当时自己的行为多少还是有些残酷，由此我十分珍惜我家的这条黑公狗！

除此之外，深受当时正在热映的抗战片、解放战争片的影响，我们十分崇拜英雄。

记得每天早饭后，我便从门前的两排高高的柴垛上选一根木头当枪使，把它扛在肩上，在寨子里到处溜达，组织小伙伴们，一部分扮演敌人，另一部分扮演解放军，把"枪"端在手上，瞄准对方，嘴上叫着"哆哆哆哆"地扣动扳机，开枪射击，对方假装中弹，轰然倒地，"死"个一时半会儿，然后才被伙伴们扶起来。

可我呢，模仿去模仿来，最终还是希望成为一名众人向往的干部。到了读书的时候，我就开始羡慕我的叔叔阿恰了。

阿恰在区粮站工作，主管收购公粮，转卖粮食，这在当时是让人十分羡慕的工种或叫职业。那时候每年秋收后，到粮站交公粮的人相当多。

每天中午课间或放学后，我时不时逛进粮站，去看我的叔叔。记得每次一到门口，总是有一阵粮食的清香扑鼻而来。追随这清香，进入粮站大院，在宽阔明亮的水泥晒场上，铺晒着玉米、苦荞、黄豆和少量的小麦，粮的主人总是蹲在旁边挑石子，还不停地用一把"丁"字形的木具翻匀粮食，意在早点把粮食晒干。

在我的记忆里，灿烂耀眼的阳光下，阿恰总是背着手，在晒场旁边转悠。他穿一身洗得微微发白的灰色中山装，这样的衣服当时十分流行，他的手十分洁净，让我十分羡慕。这时候，他后面总是跟着一群人，不停地央求他，把自己的粮食收了或转了。可我记得，他总是说，粮还没有晒干，干透了再说。他还说，把全湿或半干半湿的粮食收了，粮的主人赚了，亏的是国家。原来，阿恰是一个十分负责的人，还想着国家利益。

我羡慕叔叔，一方面，把他当作心中的标杆，以他为荣，刻苦学习，力求进步，我的学习成绩在班上名列前茅；另一方面，回到寨里，我经常组织小伙伴，寻找一块平地，找一些细土，把它铺成方块状，一些当"玉米"，一些当"苦荞"……自己学着叔叔的模样，背起手，同样在旁边转悠，让小伙伴排队交粮或转粮，俨然把自己比作叔叔，不言而喻，叔叔已经成了我心中的偶像。

我羡慕叔叔，是羡慕他身上的文化，羡慕他的地位。

我们的谚语说得好，比如"人若仿学莫学猴，反被猴子踢断腿"，是说人不能乱学，不能乱模仿，否则会吃亏。细细想来，真是没有一句多余的谚语。

有一次，为了模仿一名战斗英雄，我差点酿成一场大祸，险些让包括自己在内的二十多个孩子葬身火海。

事情是这样的，当时我在读小学三年级。头天夜里，在我们乡露天坝子上看电影《邱少云》，情节许多人都知道，邱少云埋伏在干枯的草甸子里，敌人的一颗燃烧弹不幸落在他面前，把草燃烧起来，烧到他身上，为了不暴露目标，保护战友，他咬紧牙关，满脸汗水，双手紧紧抓进泥土里，一直忍受着身上被烧伤的疼痛，直到牺牲，令我印象深刻。当天晚上看完电影，我在心里有了想法。夜间回去的路上，我吩咐所有的孩子第二天全都穿上披毡来。

第二天下午放学后，我们一大群孩子，路经一片幼松和枯草丛生的山坡，我吩咐孩子们全披上披毡，在二百米处的坡上站成一列，我在下边顺风的地方用一根火柴点燃了那片草地。由于顺风，又是草木干枯季节，火苗很快燃成了一片，我命令所有站在上面的孩子用披毡裹着上身和头，横躺在草地上，把火扑灭。

由于风大，枯草茂密，火势越来越大，那是一大片飞播幼松林啊！大白天里，浓烟滚滚，烈火熊熊，出现了险情，附近所有的民兵纷纷赶来灭火，到了太阳落山才扑灭。其结果，孩子们的黑披毡，黑眉毛，黑头发统统被烧成黄焦焦的，整个山坡弥漫着焦煳味，二十几个半大的孩子险些丧命于我的幼稚与无知。事后我感到十分后悔，心灵遭受了莫大的谴责。

吃一堑长一智。从那以后，我不敢再乱模仿了，因为有了深刻教训，至今想起来还心有余悸。

再后来，我才渐渐知道，模仿与借鉴学习还是有一定的联系，都是学习的必经之路。模仿是创造的第一步，是学习的最初形式。比如学习绘画或书法，临摹是最直接的办法。国与国之间，民族与民族之间，地区与地区之间，行业与行业之间，无不渗透着模仿借鉴和学习。

云　雾

天地不亲彩虹连了亲，两山不亲云雾连了亲，世人不亲姻缘连了亲。

我的大姑妈巴呷像彩虹，像云雾。因为她把彝乡、藏乡两个毫不相干、彼此隔着无数山川河流的山寨紧紧联系在一起。她让一些本来天各一方、素昧平生的人从此变成了相依为命的亲人。

巴呷从凉山盐源彝乡依地尔强行嫁往俄祖木地（木里藏乡）的后所前，所有的亲人对那方弥漫酥油味、牦牛像黑云、男人配腰刀、就连路人也裸着一只臂膀的俄祖木地十分陌生。

亲人认为那里只有草原，只生长青稞；藏族人只吃糌粑，动辄动刀动枪，无知、野蛮、不讲理。在亲人们的印象里，那是一方神秘、恐怖、充满野性的世界。甚至，隔膜与距离让他们以为居住在俄祖木地的彝族也这样，对远在俄祖木地的同胞，同样也缺少那份应有的理解与亲近。

于是，巴呷嫁往俄祖木地这桩婚事，只有个别亲人赞同，多半亲人反对：俄祖木地的后所离我们那么远，是个与世隔绝的地方，女儿嫁去了，与被狼叼走的羊羔、被鹰抓走的小鸡没有什么两样，明摆着，这是把人往火坑里推，巴呷将一去不复返。

还蒙在鼓里的巴呷自己呢，得知自己已被喜欢云游四方、言出必行、有些独断专行的父亲——我的爷爷许配给远在俄祖木地一个阿西姓氏的彝家时，她感到纳闷，惊讶，百思不得其解。父亲怎么会把自己许到一个陌生地，许给一个陌生人呢？她感到父亲铁石心肠，进而陷入忧伤、失望，性格也变得判若两人。

　　首先,她那张平时笑容可掬的脸蛋变得整天一脸丧气,不听父母的使唤,父母说东她说西。平常少言寡语的一个人,却变得爱与父母顶嘴。

　　其次,她变懒了。睡觉和闲坐的时候变多了,女儿平时勤劳的身影开始从父母的眼里,从那间泥屋里,从附近的山地上消失了。

　　面对女儿的拒绝,奶奶曾对爷爷说,孩子反对这门亲事,她说死活也不往那个地方嫁。爷爷说,啐出去的唾沫难以收回,事已至此,没有改变和挽回的余地了。

　　随着定亲接亲日子步步逼近,巴呷的精神状态每况愈下,整天不吃不喝,不出门,用一件黑色披毡蒙头盖脸地睡着,父母"阿呷嬶、阿呷嬶"地喊她时,她只是"唉、唉、唉"地答应,就是不肯起来,不愿做事,仿佛是患了一场病。

　　在那个择定吉日的夜晚,接亲的人,就像难以阻挡的滚石,如期而至。寨子里所有亲戚朋友一股脑儿都被寨里的古风——亲情、热情、好奇和激情卷到爷爷家。刚进入黄昏,火塘四周很快密密匝匝,人挤人,后来的人索性坐到了门槛边。

　　一直以热情好客为荣的爷爷家,为了不失那份从祖辈沿袭下来的出手大方的尊荣,不惜以一条从小就吃着雪线以上草料长大的羊,一条肥壮的大黑猪,十斤醇美的土白酒和一片难以谢绝的热情,隆重款待了跋山涉水、远道而来的三个接亲人。

　　夜深了,满屋里人声喧哗。接亲人完全不顾许多亲戚的反感,不厌其烦地重复着那个即将成为我姑父的男人的优点和长处,说这对新人是如何般配,为这桩婚事的由来以及未来喋喋不休。

　　火塘下方的女人们,一个个保持缄默。只是不停地往火塘里添加来自高山耐烧的青冈棒。悠悠飘荡的明亮火光里,一张张朴实的脸蛋变得愈加红润欲滴。

　　脾气暴躁、伤心欲绝的巴呷一直躲在父母背后,不肯露面。偶尔,透过父母的间隙,以并不情愿的目光,偷偷打量起火塘对面的客人。

从头看到脚，从脚看到头，巴呷觉得三个客人怎么看也不顺眼。她感到厌烦，甚至是憎恨，很想啐他们一口唾沫。

她想，此去路途那么遥远，从此嫁到陌生的俄祖木地，嫁给一个陌生人。那家人的骨头怎么样，是否有麻风病史，有没有狐臭，那男人是否是个鼻塌嘴歪的人？她全然不知啊！自己一个弱女子，以后怎么回娘家？见不着父母弟妹及亲人的日子怎么过？这一切使她越想越觉得愤怒。最后，她偷偷流下了止不住的泪水。

那一夜，巴呷一直没有合上眼。生气、害怕、忧伤和绝望，让她满脑一直是一片梦境。

天光尚未明亮，客人在门前备好了马，把昨夜的冷肉和荞粑热一热，匆匆吃过，准备出发。

"阿呷嫫，该起了，该起了。"母亲含着泪，用颤弱的声音喊女儿。

"阿呷嫫，起来了，起来了，不要令我们父母亲人失望，不要让我们难堪。"父亲的喊话生硬而又坚定。

父母不停地催促，一阵响声后，巴呷从内屋里拖起一件披毡，衣冠不整，披头散发来到火塘下方，一屁股瘫坐在地上，然后失声大哭，死活都不愿去。

爷爷对着接亲的人努了个嘴，三个男人明白了，强行把她挟持到门前，抬上马，绑在鞍上，颇有收获地离去了。

置身眼前生离死别般凄惨的场面，许多亲人流下了同情的泪水。

当接亲的人马离开寨子，离开送亲的人，巴呷的哭声渐渐消失在那条隐没林中的山路，送亲的人们还未回过神来，簇拥在寨后的晨曦里，守望着远去的亲人，仿佛成了一群雕塑。

巴呷在强行逼嫁和一片稀里哗啦的哭声中，被迫告别了她从小生长的家园，告别了她的亲人，被迫到了远离亲人的地方。

世间的一切在冥冥中产生、形成、发展和衰亡。

巴呷在距离亲人遥远的俄祖木地阿西家，经受了思乡之苦，经历了想回家、绝望、绝食、乡愁、自救、热爱的艰难曲折。

全靠巴呷的勤劳持家，她勤养猪鸡，翻地碎土，下种施肥，薅草，就像养育自己儿女，她辛勤侍候山寨背后几块荞麦、青稞和燕麦地，家境逐渐殷实。很快，她撑起了阿西家的一方天空，在那个彝藏和谐杂居的山寨，她家成了谁都想去串门的一户人家。

那以后，亲人们不知疲惫的脚步踩醒了架设在俄祖木地与我们这里之间那条高远而寂寞的山道，常见走亲戚、借钱借粮、拜年的亲人披上清凉的晨光翻山而去，也有亲人跟着疲惫的夕阳翻山而来，一度孤独的山道从此不再寂寞。

到了我记事时，我的爷爷奶奶已不在人世，他们与我迟来的生命擦肩而过，只给我留下了一些神话般的故事。

父亲每次提起他的兄妹时，少不了提起我的大姑妈。他说，你们有个弟弟叫阿西呷呷，年纪轻轻就在俄祖木地县城里工作，巴呷要带他来我们这里玩。

父亲多次这样说，我们也一直期待着。

有一次，他俩真的来了。

我是第一次见到巴呷，也是巴呷第一次把长得标标致致的儿子带到了自己的兄妹群里，让这里的亲人们，特别是让我们这些个个黑不溜秋的舅舅家的儿子们刮目相看。

那夜，屋里依然密密匝匝坐满了人。

你一言，我一句，满屋的人在闲聊时，父亲从一根岁月染旧的灰色布袋里，轻轻拿出两人带来的奶渣和牦牛肉干，依次分发给火塘四周的人。

火塘下方有孩子说，啊呀，这白色的奶渣，没有吃过，还酸甜酸甜的。有老人说，哦，我们倒是吃过几回了，特别是这熏黑生吃的牦牛肉干，感觉香，就是很难嚼。

大家都在吃奶渣，吃牦牛肉干。咀嚼声盖过了屋里的喧哗声，满屋顿时弥漫着奶渣浓浓的酸味和牦牛肉干的清香。深夜，大家纷纷离去时，个个也把这样的味道带回了各自的家，香味弥漫整个山寨。

我也一边吃，一边怀着好奇，目光不停地打量起火塘对面挨坐的巴呷和阿西呷呷，很想从他俩身上发现一点独特，就是俄祖木地的烙印，可除了说话时略带一点异腔外，没有什么特别，我的目光失望了。

巴呷双手抱着双膝，半旧的布裙盖至脚背，只露出脚趾。她已是中年妇女，身披一件乌黑的千层毡，高原阳光养育了她同样黝黑的皮肤，圆盘帽下脸面轮廓很像她的弟妹，说话声音有些微弱，是一路徒步辛劳的缘故吧。

那朴实贤惠的脸蛋，洋溢着女人特有的慈祥，就像我的母亲。

满屋的人在闲聊时，火塘上方的父亲指名点姓，神情自豪地对我和所有在座的侄儿说，虽说舅舅的儿子大姑妈的儿子三百岁，可你们好好看看大姑妈的儿子，才貌双全，你们要好好学他。

我们的表弟阿西呷呷正年轻，紧挨巴呷坐着，显得有点矜持。一身崭新的灰色中山服，一双黄色军用鞋，脸和手比我们洁净得多。

他高高的个子，一副标准的彝人鹰钩鼻，目光犀利，皮肤洁白，轮廓酷似他的舅舅们，我想起了我们彝人"生子似舅"的说法。

话语间，时不时夹杂两句汉语，更令我们这些从未见过汉人的表兄委实羡慕。

我暗自发誓，往后以他为标杆，要好好读书，像他一样生活。

记得那夜巴呷还承诺，等我长大后，带我去俄祖木地玩一玩，去看看宽宽的草原，去看看黑压压的牦牛，显然，那里已成了我心中的向往。

心想事成，梦想成真。从那以后，我一直把阿西呷呷作为心中的标杆，认真读书，直到大学毕业。

参加工作后，第一次下乡，目的地恰巧是向往已久的俄祖木地——木里县。

那天，我们四五个人，挤在一辆尼桑越野车里，直冲西部凉山奔去。翻过两座山，越过两条河，钻出一条沟，两百公里车程的颠簸，穿过我们盐源县，人车开始进入地处西部凉山的木里地界，还继续向西。一路上，我在思量，我的大姑妈巴呷已离世，她的晚辈们会不会对我另眼相看。进入陌生的异域藏乡，我的心情由愉快、激动突然变成了沉重，甚至产生了淡淡的乡愁。

当夕阳滑进阴坡里，我们人车一行进入了眼前这个坐落在金沙江支流雅砻江上游一面斜坡上陌生的县城。

云 雾

　　第一次来到阿西呷呷家。踏进门，满屋黑压压的人在等待。但除了他，其他在座的都是陌生的面孔，我一个也叫不出名来。刚坐下，他用手指着在座的人，一一给我介绍：这是我的妻子，这是我的大儿子日木，这是我的二儿子友色……四个儿子都找到工作了，都是你的外甥儿。

　　目光还未从几个晚辈身上移开，他又接着介绍：这是单祖，这是边玛，他们是藏族，我们一直亲如弟兄。两个藏族同胞刷的一声站起来，面带笑容，一一与我握手。那个叫单祖的还说，我们都是布呷（传说中少数民族的祖先）的子孙，木里盐源彝族藏族山水相连，一直和睦相处。那次见面后，他们竟然成了我在西部凉山最好、最优秀的朋友，频繁的往来也就没有间断过。

　　眼前偌大一个屋子里，阿西家儿孙满堂，像雨后春笋，齐齐整整，闪闪烁烁，个个长得眼睛是眼睛，鼻子是鼻子，这让我立马想起了我的大姑妈，虽说她离开了人世，但我从眼前这群可爱的晚辈身上看到了她的影子——热情好客，这其中有我大姑妈不可磨灭的功劳。

　　这么想，一阵自豪与喜悦掠过我的心间。

　　给我舅舅的儿子敬酒。

　　阿西呷呷的话像命令。话音刚落，男青年们拿起酒瓶，噼里啪啦开瓶，开瓶斟酒声此起彼伏。一个个手捧热情的满杯，纷纷向我敬来。

　　这时，从屋后传来一头猪的号叫声，震耳欲聋，我愣了一下。阿西呷呷说，没有什么，没有什么，喝酒，喝酒，舅舅的儿子来了，我该尽一点地主之谊，杀一头小猪儿，表表心意。

　　一头小猪儿？单凭猪的音量，感觉毛重不低于两百斤。一个刚从学校踏进社会的年轻人，受到如此高规格的款待，我感到愧疚与羞赧。

　　紧接着，几个年轻人端着一盘盘刮得金黄黄的烧肉进屋来，一阵熟悉而久违的香味随之飘来，很快弥漫屋里。

　　深夜，星空灿烂，大山入梦。置身其中的这座俄祖木地的小城已是一片沉寂，可阿西呷呷家的屋里依然灯火通明。

　　聊天，敬酒喝酒，唱歌，来路上的顾虑和乡愁已荡然无存。悠扬婉转的彝歌，高亢辽阔的藏歌，歌声交融成一条多声部的河流，河水激荡满屋。满屋的人，被来自眼前河流的轰鸣、共同的血脉和久违的亲情、不同民族的热情和激情搅得内心澎湃喧嚣。

  我暂时把喧嚣拒之耳外，保持内心的宁静，又一次想起了我的大姑妈。她像一团云雾，早已烟消云散。我却仿佛看见了她最后一次留给我的面孔，历经无数的风雨烟云，还是那么慈祥！

大雁归来的日子

每年深秋，南方故乡悠远而碧蓝的天空里开始传来大雁孤独的鸣叫。偶尔能看见一两只白色的落雁在远处空阔的山地上觅食，人们便说，快要过年了。似乎过年不是取决于时令，也不是取决于人们，而是取决于大雁的归期。

进入这个清凉而悠闲的季节，对于似乎别无他求的山里人来说，过年是唯一的期盼，我们小孩更是如此。

伴随着时间的临近，过年猪的大小肥瘦自然成了山里人茶余饭后普遍关注和谈论的话题，但喂养的任务似乎只落在母亲身上。一方面，母亲每天早晚给猪剁食煮食喂食，还捏一捏猪的颈肩，掂量掂量过年猪是否在长膘；另一方面，她倾注心血喂养，把喂土豆、荞糠之类粗粮的方法逐渐换成了喂燕麦、玉米之类的细粮，是想争抢寨里过年猪第一肥的名号。

果不其然，渐渐，我们家的过年猪在院里走动时，变得笨重、踉跄，掩去了门前的半个空间。看见过年猪又肥又大，我心里也委实高兴。我们孩子们也有自尊心，爱面子，一想到家里的过年猪在寨子里是最肥的，就美美的。

秋天刚刚结束，寨里家家户户把找过年柴的事也提上了与过年猪同等重要的议程。一家人，大人拾柴，小孩也拾柴。放牧归来，地里劳作归来，学生娃放学回来，背上免不了一背柴。干柴湿柴，找柴背柴，刮风下雨，再苦再累，只要想起美好快乐的过年时光，就浑身是劲儿。

眼看过年猪一天比一天肥起来，码在屋前屋后的过年柴一天比一天高，显而易见，过年的时间越来越近。

勤劳的人家就是不一样。到了每年这时，我家屋前屋后的过年柴最多，码得又高又长，十分整齐，在整个寨子里总是数第一，邻居十分羡慕。

扳起指头期盼的过年日终于到了。

在我长长的记忆里，过年这天的天气总是那么好，风和日丽，像是从前就被祖先算好了的天气。虽然被激动搅得几乎一宿没有合眼，早晨我们孩子们还是起得早，精神依然那么饱满。

我们一大清早就起来主动扫地，抱柴生火，跟在男人们身后，看他们逮猪、杀猪、烫猪毛、燎毛、开膛剖肚、砍肉。这个过程惊心动魄。我曾看见过弱小的男人被肥壮的大猪拖得满院跑，最后被大猪掀翻在地，招来一阵阵哄堂大笑。我也曾看见过一个杀猪高手一天杀十几头大肥猪，而且刀刀毙命，人人称赞。

几个月来没有沾油荤的嘴已经有点馋了，等待吃坨坨肉、打牙祭的心情愈发强烈。

除此之外，作为小孩，我们最关心的是猪尿脬。我们迫不及待叫杀猪的人取出猪尿脬，泄掉尿液，吹胀，系上嘴，变成个气球，在满寨子疯乐，猪尿脬像气球满寨子飞舞，我们连续玩几天都乐此不疲。玩腻了，准备丢弃，大人们说，不能丢，有用。有啥用呢？他们拿尿脬，晒干，搓熟了，盛酒，说猪尿脬里盛的酒特别好喝。

杀猪要从长辈家杀起，晚辈家留在最后。对于我们居住分散，平时往来甚少的山里人家，每年过年也是一次互相联络的好机会。杀完猪，男人们聚拢一群，我们小孩子也跟着，挨家逐户串门喝酒。他们挽上袖口，用油光闪亮的双手端起主人家敬来的酒碗，然后说是上好的酒，是美酒。酒后，还用右手五指去比画一下过年猪颈部的肥肉，看看有几指膘，说是出现过十指膘的，对我来说是个传说，没有见过。

大人们喝酒，小孩们吃糖，甜蜜的水果糖是那时候我们最喜欢的。过年这天，再吝啬的人家，也要把糖果之类最好的年货拿出来，让大家共享，还要管够。我还深深记得，唯有过年这天的糖才能吃个够。我想，彝语中"婚嫁三天无禁语，过年三天无忌食"的谚语也是由此而来的吧。

比起平时，过年这三天白天去得早，夜晚也来得快。一不留神就到了弥漫祥和气氛的夜里，有几分成就感、喜欢热闹的男人们爱聚成一堆，坐在火塘边，端起酒杯，一边饮酒一边吟诵，欢庆节日。其中有这样一句唱词："天上大雁忙于往南飞，地上姑娘忙于回娘家。"在这个季节，所有远嫁他乡的女儿纷纷背肉背酒回娘家来拜年。听后，我就在心里默默期盼像大雁一样一年只回来一次的大姐二姐来拜年。

我的大姐二姐大我十几岁，不仅人长得漂亮，心地也善良，做事更是勤快。俗话说得好，长子为父，长女为母。大姐二姐嫁人前，包揽了家里背水拾柴、生火做饭、喂猪喂鸡的家务，让父母可以闲适下来。她俩还百般疼爱我们这些弟妹，常常背着牵着我们，吃什么好东西，总是让我们优先。我们调皮，做错事，被父母指责、挨骂或挨打，总是被她俩护着，我们在她俩的呵护中长大，觉得有姐姐是小男孩最大的幸福。

她俩嫁人后，家还是那个家，父母还是原来的父母，院坝还是原来的院坝，门前躺着的还是原来那条黑公狗，可父母白天忙农活，早晚忙家务，抽不出精力照看我们，而且，属于父母以外的关爱没有了。

过年要过三天。三天后，只要听见外面有人声，有狗的吠声，我就想，是姐姐家来了？然后拔腿就跑出屋去，站在屋前看个究竟，就是迟迟不见人来。

后来，每天不顾风吹雨雪，我索性跑到寨子上面的那个垭口等待，等啊等，只要远处的山路上有人头攒动，我就在心中想，应该是大姐一家了。这么一想，我就高兴，可走近了才发现不是她，又感到失望。

我总是在风里盼，在雪里盼，在太阳下盼。盼星星，盼月亮。越是这样期盼，越觉得姐姐回来拜年越珍贵。有一天午后，终于盼来了大姐一家。弯曲跌宕的山路上早已出现了人影，却迟迟不到眼前。好一阵后，大姐终于到了眼前，说："让你们久等了。"

我毫不掩饰地应道："唉。"

"家里人都在？"大姐问

我说："都在。"

好不容易把大姐盼来，我还是习惯性地先看看大姐的脸。正被新婚生活滋润的大姐额头上渗出了晶莹的汗珠，背着一背篼沉甸甸的东西，当民办教师的大姐夫挎着一个鼓鼓囊囊的黄包跟着她。

进了家，父母一边说孩子"辛苦了，累了吧"，一边高高兴兴地把大姐背上的东西卸下。

姐夫和姐姐把背篼里、包里的东西一一拿出来，放在火塘边的竹席上，有酒、茶叶、糖果、挂面、熟鸡蛋和糌粑，琳琅满目，堆成了小山，都是那个年代上好的食物。

这时，跟进来一群好奇而有所期盼的孩子，他们齐刷刷地站在火塘下方。我在内心里也为即将享用这些美食而高兴。

父亲一边看着那些糖果，一边看着火塘下方的孩子们，说："分糖，分糖，把糖果分给孩子们。"我按父亲的吩咐，有些得意地分起糖果，一人一把，逐一给火塘下方的伙伴们分发，让他们共享大姐家背来的好东西。

"马海家来拜年了！"喜讯总是比有脚的跑得快，很快传遍了山寨。

夜里，邻居、亲戚、朋友们，不分男女老少，纷纷聚在我家，满屋密密匝匝。我一直依偎在大姐身旁而坐，她不停用手抚摸我的头。满屋热情而好客的人一边闲聊，一边饮酒，热闹和欢乐弥漫至后半夜，欢乐声几乎把屋顶的瓦板掀飞。从小喜欢热闹的我，最后也舍不得他们离去，但这些人往往还是把空寂留给我们家。

大姐在家的日子里，我总是形影不离地跟着她，周围亲戚们逐一热情邀请，尽管刚杀了过年猪，但还是宰小猪宰鸡来款待她，我也享受了同等的待遇。

隔不到两天，又盼来了二姐家，同样欢乐，我获得了同样的待遇。由此，两个姐姐年轻时的美丽容颜，至今还被我珍藏在记忆的底片上，她们永远是那么美丽。

那以后，一直好久，每年我总是盼着大雁归来。

别样人别样的生活

在我记忆的天地里，总是有些十分熟悉的人的身影在晃动。他们中有的几乎替代了我心中的故乡，替代了我心中的山寨。他们的身影之所以在我脑海里一直挥之不去，甚至越是到后头越深入我的内心，有的是靠与生俱来的血脉亲情，有的是靠待人热情真诚善良，而有的是靠他们自己手中的一技之长。

木犁匠友坡惹和篾匠拉达惹就是这样的人。

友坡惹个子不高，身高顶多一米六，黑皮肤，当时他的年龄只有40岁左右，可那时候艰难的生活、无情的岁月之刀已在他的额上刻上了几道明显的皱纹，这样看起来他比实际年龄还显得苍老几分。他人沉默寡言，憨厚老实，做事实在。他是我们寨子里唯一会做木犁而且做得极好的人，家家户户都需要他来做木犁。

不言而喻，做木犁是一件辛苦的手工活。

做木犁的木料只能是青冈树、油树和榆木，木质硬，遇水或太阳暴晒后不易变翘和开裂，不易腐烂，而这样的木料只有在寨子对面的老林沟才有。

为了做木犁，友坡惹常常扛起斧头独自一人进入老林沟，到了林子里，他举起斧头，有时放倒一棵，有时放倒两棵，剔掉枝丫，卸掉树梢，然后扛回来。

每天早晨、中午、黄昏，无论是炎炎烈日还是风吹雨打，我们常常看见友坡惹扛起木头，从寨子对面的山道上走来。他的肩上，有时是一根粗木，有时是两根稍细的木头，两边的肩上各一根，从寨子通往对面老林沟的那条山路上负重而来。到了家门口，他的身上总是弥漫着汗味木脂相交织的气息。这时，他说："请娃娃们让开，请娃娃们让开，当心我把木头甩下来时伤及你们。"等到我们这些好奇的孩子们跑开，周围留下个安全的空地，他才一甩肩膀，轰一声，木头被重重摔在地上，我们感到地动山摇，而他呢，只是拍拍手，拍拍肩膀，然后接着干活。

每天上午大概十点后，他把木尺、砍刀、小斧头、拉锯、墨斗、锛这些木工具全摆出来，一一放好，一个木匠的工具阵容形成后，他便开始做木犁。

他先是用木尺比画，然后用墨斗弹线，接着就是用小斧头和砍刀砍，直到犁的雏形出来了，再用锛推。

我们这些孩子白天没有啥事，整天就在友坡惹的身边玩，玩着玩着，常常看见他家屋前刨花飞溅，觉得木脂香飘溢，叮叮当当的木工声从他家门前响起，然后渐渐响彻整个寨子，传向四方。我长期观察后发现，做木犁一定要多看多比画，友坡惹常常把木犁的部件端在眼底下瞄、比试。

友坡惹给寨里人做木犁是免费的，从来不计酬。他家的家务事和地里的农活主要是靠老婆孩子在做。也许是想到他给别人做犁不计酬，家里的活多半他也顾不上去做，他的多半时间都在为邻里亲戚辛苦，木犁的主人们常常替他家栽种、收割，做一些活。还常常来陪他坐一时半会儿，聊聊天，这时，他就停下手中的活，拍拍手，挨犁的主人坐。我有时看见木犁的主人给他抓来一把兰花烟，有时索性给他带来一小袋，送给他抽。当时，我们这些小孩不太清楚烟的金贵，我们不知道寨里的许多大男人已经抽不起烟，后来我们才知道，木犁的主人也是好不容易把烟节省下来给友坡惹拿去的。面对木犁主人的诚心送烟，他总是先推让一阵，实在推让不了，盛情难却，他才收下。等到木犁的主人走开了，我们就问他，友坡叔叔，你咋那么喜欢抽烟？他说他不抽烟就做不出木犁来。当时，我们想不通，做木犁和抽烟有什么关系呢？只是觉得，那时候，他的烟瘾的确是很大。

一直到了我们自己也学会抽烟，甚至有了烟瘾后，这才深感其中的滋味。做事累了，或饭后的一杆烟带来的那种舒心，这时才能体会和理解当年友坡惹的烟瘾。

名声源于诚信和精湛的技艺。友坡惹之所以受人敬重,是因为他做的木犁质量佳,十分轻便,一点也不笨重,犁柄犁柱好握,不割手,木犁表面十分光滑,就连我们半大的娃娃也能用。

他做的木犁很好使,什么叫好使?我们彝语叫"则",那就是用它犁地时,犁翻的泥土整整齐齐向一边翻卷,耕道从一端看过去一路畅通,没有留下地埂,这叫好使。

好使的木犁每个大男人都喜欢,我们那个寨子有几十户人家。那时候,每年春耕春种、夏天开荒、秋天翻地,全靠友坡惹做的木犁。每当看到寨子周围大片大片的土地,看到满山满坡绿油油的庄稼,知情者无不想到友坡惹和出自他手中的杰作——木犁。

除了给友坡惹送烟,每次做完木犁的下午,木犁主人总是高高兴兴来取犁,临走时,每个人都忘不了热情邀请友坡惹去他家做客。有时被他推辞,木犁主人只好在第二天抱只鸡或提一块肉来犒劳他;有时他会接受邀请,跟着木犁的主人去做客。他跟着去时,主人扛着犁,友坡惹跟在后面,一前一后,恰似两兄弟。尽管那时候家家户户非常清贫,但还是设法杀只鸡、煮块肉来热情款待他,因此他的生活要比寨里的其他人家好得多。

我们那地方出盐,但盐还是十分金贵,那时候,穷到酸菜土豆汤里放一点盐也算是一道美食,这样的美食只有家里来贵客才能享受。但即使是最穷的人家,每次至少也要做一顿放盐的酸菜土豆汤来款待友坡惹。

有一次,记得友坡惹也给我们家做了一张木犁。

那天下午,同样是父亲扛着犁走在前,友坡惹跟在后面而来。正在等待的我们兄弟姐妹几个也都高兴了,因为我们知道,当晚父母肯定要杀一只鸡。

父亲把木犁轻轻放在门前的墙脚,然后热情地把友坡惹领进屋,引他坐到火塘对面的主位,父亲吩咐道:"把鸡捉来杀了。"我记得友坡惹不停地说:"不客气,不客气。"

父母一直舍不得杀这只鸡,原来在等友坡惹为我家做一张木犁,等着用来款待他。其实,我们这些娃娃一直在等待友坡惹来做木犁,那种等待的滋味至今也难忘。

那天夜里，杀鸡，吃鸡肉，喝鸡汤，汤鲜肉美，我们打了一次牙祭，功劳还是在友坡惹。

屋里火光明亮，外面一片漆黑。

友坡惹吃完饭，急着要离开。他匆匆出门时，父亲再一次表示感谢，他说不用谢，不客气，木犁用烂了，我再来做一张新的。然后他慢慢消失在偌大的寨子里，消失在那片漆黑的夜里。

当时，小小的我心里想，家里唯一的一只鸡都用来款待做木犁的友坡惹，做木犁真是一项难得的手艺，我委实羡慕他，还暗暗发誓，今后自己也要学做木犁，要成为他那样的人。这么想着想着，时间滑进了山里的深夜。也许寨里哪一户人家又在期待着明天他去做木犁呢，同样有一只鸡还在等着他，然后又是下一家……

我们寨里家家户户的吃住、劳动生活中都离不开竹。盖房需要大篾席，火塘边垫地要小篾席。背货、筛粮、囤粮、揉荞粑、撮东西，样样离不开竹。于是，会破竹编竹的篾匠拉达惹从到处是竹的环境里脱颖而出。

较之做木犁的友坡惹，篾匠拉达惹的个子就高得多，可谓身材高大，他大概有一米八，一年四季光着一双脚，是个壮实人。记得他同样生就了一张古铜色的脸，那时候他大概有35岁，安家不久。

编竹不像做木犁，一年四季都可做；编竹只能是在冬天，一般都在彝族年之后。

我们居住的地方地处二半山下，这里只生长庄稼、松树和一些灌木树，没有竹，竹生长在距离我们山寨十多公里的一座大山背后，生长在那个叫甘果拉达的老林沟。

每年彝族年后，寨里的男人们便趁农闲去砍竹，这是一年中砍竹最好的时节。

早晨，刚刚鸡鸣头阵，男人们出门看看天色，然后相约一起上山砍竹子。进入老林沟，蹲在一株株竹子根旁砍，噼里啪啦，花上一天的工夫，将近黄昏，他们挑起成捆的竹子，挑起一路的饥渴和疲惫，随风而去，随雨而归。

其中，就有拉达惹，他人高大强壮，竹子挑得最多，总是多于其他男人的两倍，远远望去，最突出最显眼。

当时，整个寨子，会破竹编竹的只有他一个，每次所有挑回的竹子都驮到他家门前，等他来编。

势如破竹，这是一个用来形容做事节节胜利，毫无阻拦，所向披靡的词语。但在小时候，我们在拉达惹的身边玩，看他破竹时，便提前见证了这个词所表达的意思。

每天上午吃过早饭，阳光来到拉达惹家的屋前，他先把那些捆好的竹子一捆一捆地解开，然后抱到门前铺满阳光的地上，旁边铺上那块跟随了自己好几年的黑皮毡，盘腿坐在毡上开始破竹。

他左手拿起竹子，右手拿起一把尖刀，每根竹子被他从竹脚上劈成四半，中间夹上一根竹片，刀刃顶着竹片用力往下推，吱的一声，瞬间，一根竹子顺着刀势被破成了四根竹篾。拉达惹破竹时，手腕有力而灵活，动作快速而娴熟、准确，我坐在旁边看，越看越觉得是一种艺术的享受。他破竹时，十分专心致志，似乎忘掉了周围的一切，甚至把我也给忘了。一大堆竹，一根又一根，一捆又一捆，用不了多少时间，很快全被他破成了一大堆竹篾。

洁白的竹屑一直纷纷扬扬地往下飘落，落到他的头上，落到他的肩上，落到他的怀里，落到他的周围，到了午后，人和周围一片雪白，他自己也仿佛是一位白发苍苍的老人坐在一片雪地上，成了一个"雪人"，那是多美的一幅图景啊！

编竹也是一道坐着完成的工序。除了编大小篾席，人需要蹲起外，无论编背篼编筛子还是编簸箕编撮箕，他都是坐着把竹器夹在两腿间编。

那双粗糙厚实，显得几分笨拙的手下，坚硬割手的竹篾十分听话，被他那双笨重的手随意扭来扭去，被他的手调教得十分柔顺，服服帖帖。那么多年，拉达惹一直为寨里人编了那么多篾器，我们从来没有看见过他的手被竹篾划伤过。

拉达惹编竹时，我也常在他身边玩，甚至坐在他身边看他编竹。编竹器不像木工活，它似乎要更用心，心思要缜密，才能把竹器编得细密，疏而不漏，房上盖的能遮风挡雨，装盛东西的没有漏洞，否则，会把竹器编得到处是洞眼。

记忆犹新的是，每当坐在他的旁边，时间久了，我常常闻到他身上弥漫烟熏腊肉的味道，而且因为他一直是被太阳晒着，每天午后，烟熏腊肉的味道越来越浓，黧黑的脸上还常常被晒出一层油脂，油光发亮。

那时候，过年杀猪不容易，家境好一点的人家，能杀一头猪，家境差的，两家人合伙杀一头，每家各半。到了岁末年初，家家户户梁上挂着的烟熏腊肉总是剩不了几块。人们十天半月嘴上几乎沾不到一点油荤，其他人身上总是因缺乏油脂而变得干燥。

我们常常进出于拉达惹家，他家没有喂猪，房梁上也从未看见过挂有一块腊肉，能从他身上闻到这样的味道，真让我们百思不得其解。

于是，我在想，莫非是他在寨里也享受了与友坡惹同样的待遇？

后来，我们才渐渐得知，拉达惹给别人编竹器同样不计酬劳，无私奉献。因此，凡是竹器主人前来领取竹器时，都会提一块腊肉表示感谢。没有提肉来的，那一定是请他到家里去做客，也绝对是好酒好肉，热情款待。我这才发现，他在寨子里的确是有着与友坡惹同样的待遇。

那时候，整个寨子家家户户房上盖的大篾席，家里垫的小篾席，背箦撮箕，大簸箕小簸箕，粗筛子细筛子，大篓斗小篓斗都是出自拉达惹之手。

说实话，在我们的寨子里，每户人家都有拉达惹的杰作，都在享受着他的劳动成果。尤其是每个风雪交加的夜晚，睡在温暖中的人们更是会想起他，因为他把温暖献给了别人。

由此，他颇受满寨人的尊重，即使平时有人在胡同里遇见他，哪怕再忙也要停下来，同他点头打招呼。

而在我的记忆里，那时候，我们那些寨子里，当村主任的、当队长的、当组长的，一会儿换成这个人，一会儿换成那个人，经常被换来换去。唯有友坡惹和拉达惹手中的手艺是谁也换不走的，风也拿不走，雨也拿不走，永远属于他俩自己。

崇尚礼节

在礼节礼仪越来越受人们重视与欢迎的今天，我依然无法忘记曾经目睹的那一桩难忘的事。

那是一个宁静的正午，一个挑着箩筐上山到处捡粪的陌生人，顶着八月的炎炎烈日，被干渴逼近了我们家的院门外，但他不知朝我们屋里吼一声，也不知敲一下木门，贸然推开院门，闯进院内，睡在院里的黑公狗被突然惊扰后猛扑上去，他的脸很快被抓得稀烂，小腿肚被咬下一大块，血流如注。家人及时把他送往乡医院救治，半天惊魂未定。

那真是一次惨痛的教训啊！

其实，任何事情来临之前都该有预示。火车进站、轮船进港要鸣笛，汽车进站也按喇叭，提醒旅客。现在我们去别人家，要敲门、按门铃，提醒主人家有客来。

而自古以来，我们彝人去串门做客，要么站在屋外有一定距离的地方，先是"嗯哼"地作一声礼节性咳嗽，我们叫"自此"；要么对着门礼貌地喊上一声"主人家，有狗吗？"然后等待屋里的人反应，再看是否可以进去。

追根溯源，我们彝人从前居住在山上，这座山上两家人，那座山上三家人，像一簇簇蘑菇，随意洒落在山头上。家家户户没有养狗，没有打围墙。一座座泥屋，一个个寨子，就这样彼此敞亮着，敞开心扉，进出自由。最多就是屋前屋后堆上一两排柴垛，挡风遮雨，供生火做饭。

有客人到访，便站在门前好几米远开外的地方，礼节性地咳嗽两声，以示有客人来，要是主人在家，会立马迎出去——"唉，有人，马上来。"

客人的礼节性咳嗽，至少有两个目的，不仅是向主人家提醒有客来了，而且也给主人家一个缓冲的余地。主人家要是正在生火做饭，吃饭或是在忙别的什么事，听见客人的喊声，也好停下手中的事，慢慢去开门迎客，不至于客人突然出现在火塘下方，让主人家手忙脚乱，不知所措。

倘若主人家里没有动静，没有声音，客人哪怕是翻山越岭，顶着烈日炎炎或狂风暴雨而来，哪怕再劳累、寒冷、饥饿，也要忍住返回。要是过客，那就只能换一户人家去造访。

渐渐，彝人的寨子里出现了栅栏和围墙。那是因为在野外种上了土豆、荞麦和燕麦，当庄稼快要成熟时，常被牛羊之类的家畜，野猪黑熊之类的野兽瞄上，成群结队前来糟蹋。为了保护用辛勤汗水养育的庄稼，确保丰收，人们在绿油油的土地周围围上了栅栏，打上了围墙，把家畜和野兽拒之于舍不得被糟蹋的庄稼之外。

偶尔，也有一两户人家离群索居于林中。林中禽兽猖獗，夜间常常闯进林中人的家园，威胁人的生命安全，甚至闯进圈里，把家畜叼走。

为了防范，人们砍来竹，劈回柴块，把家园围在了篱笆或栅栏内，甚至打上了围墙，把野兽拒之于墙外，让它们始终不得前来，确保林中人自己的生命安全。

礼节性咳嗽是一道高高的防火墙，也是一剂止血的草药，更是生命的捍卫者。在一次次聚众调解纠纷的场合，一些不谙世事、鲁莽的年轻人，不顾双方的脸面和后果，抛出一些容易挑起事端的话语，激怒对方，这时，德高望重的老人往往会在旁边"嗯哼、嗯哼"地发出一两声礼节性的咳嗽，是对说话者的提醒，他会识趣地闭上自己的嘴，一触即发的紧张局势被控住了，一场血腥就这样被扼杀在眼前的摇篮里。

一群亲戚坐在一起闲聊。倘若有不懂礼貌的孩子在捣乱，说臊话，有人向小孩使脸色，小孩却不理睬，但只要有人发出一两声礼节性的咳嗽，小孩会明白，立马止住捣乱，避免出现尴尬的局面。

没有成文的典章可供遵守前的漫长岁月，我们彝族全靠这些礼仪习俗维系和规范我们的道德和行为准则。比如座次不以先来后到，不以身高和年龄，只按辈分；禁跨火塘上方的锅庄石；吃饭前先喝一勺汤……

我记得那位被狗咬伤的人不懂彝语，不知道彝人的礼仪。但他完全可以敲一下门，站在门外吼一声，提醒一下主人家。这样，他完全可以避免那次的皮肉之苦，可以避免那场永生难忘的悲剧，可至今我无法理解的是他为什么没有这样做，他的遭遇无疑是源于自己的失礼与莽撞。

同样是在小时候，我也曾见过很有礼节礼貌的人。他同样是个上山来捡粪的人，同样是不懂彝语的人，我不知道他姓啥名啥。依然是个夏天炎热的正午，他站在我们家门外吼："老乡，有人吗？老乡，有人吗？"我们听见外面有人喊，立马跑出去把狗拴住，打开门，让他好好进来。他想讨一碗冷水喝，我们舀上一碗清水，他咕噜咕噜地把水灌进肚里，看样子实在是太渴了，然后一边抹嘴，一边恭恭敬敬地表示感谢。

末了，他还用手摩挲我的头，问我："阿伊（小孩），读书没有？"我摇头，他说："长高了，该读书了，叫你爸爸妈妈让你去读书。"虽说我不知道何时该读书，怎么去读，学校在哪里，但我还是点头答应说"嗯"。他慢慢捡起地上的扁担和箩筐挑上，慢慢离去。

我站在他的身后，慢慢目送他远去。看着他远去的背影，几句关爱的心语一直在我童年的耳际萦绕，我感受到亲人般的温暖。

我不知道读书会给自己带来什么好运，也不知道是读什么，但这已成了我的好奇与向往。自从那天起，我常常缠着父母要读书，缠着缠着，有一天，我真的去读书了，走进了一所简易却充满快乐的山村小学。

引以为戒

从前，我们这些山娃娃压根儿就不懂"珍稀动物""保护动物""环保"这些概念，更不知道去保护。

相反，由于从祖辈一直依山依树而居，自幼生长在山间河谷常有飞禽走兽出没的地方，上山捕猎，鸟儿狗儿自然成了我们心中幼稚的喜好。

比如那年的冬天。

那年的一个冬天，一场大雪如期降临于我们山乡，整整三天三夜，雪片纷纷扬扬，天地一派迷蒙。

三天后的早晨，雪停天晴，打开木门，站在门前，大地一派洁白，雪地光芒强烈，晃得我直揉眼。"走，去撵雉鸡！走，去撵雉鸡！"一支由十来个年轻人、五六个半大孩子和十来条大大小小的猎狗组成的浩荡队伍，吼叫着，像一股黑色的潮流，稀里哗啦从我家门前的雪地上涌过，直朝对面的雪野进发。见此，我和家里的两条狗也不甘落后，十分激动，兴奋地拔腿就跟了过去。

几乎齐膝的积雪上，年轻人和狗冲在前面，我们几个孩子步履十分艰难地跟在后面。我们歪一脚、直一脚，深一脚、浅一脚地前行。小小脚板踩进积雪里，半天拔不出来，只能用双手紧紧撑着另一只膝盖上才拔上来。走在冰天雪地里，没有一会儿，我们个个汗流浃背，好不容易爬到了对面积雪覆盖的山野上。

那是一片雉鸡的栖息地，是雉鸡的家园。为了捕获更多的雉鸡，按照古老的套路，我们所有人狗兵分两路。一路人负责观看雉鸡着落的地方，他们选择一个总揽全境的制高点，随时注意整个猎场的动向，一旦锁定雉鸡着落的目标，便让人狗迅速追上去围捕；我们一路人狗负责搜寻雉鸡留在雪地上的足迹和雉鸡藏匿的地方。

眼前深深的积雪延伸成方圆十几里雪野，无遮无挡，一目了然，这恰恰为猎人和猎狗捕捉雉鸡提供了十分有利的条件，让雉鸡处处暴露在人狗的目光下，让雉鸡无处藏身，事实上，雪地成了它们天设地造的陷阱，成了它们的生命绝地。

那是向它们铺开的一张无形的巨网啊，等待它们的将是一场浩劫！我在为即将展开的捕猎行动激动的同时，小小的内心里，也对四周那些还蒙在鼓里的野兔野雉产生了恻隐之心。

我在想，它们也是生命，也有家，有父母，有妻儿，这里是它们世代生存的家园。今天，我们闯进它们宁静的家园，展开捕杀，我们是在造孽啊，我第一次对雉鸡产生了怜悯和同情！

但又有什么办法呢，面对那么多猎狗，那么多大人，我一个小小孩子，根本无力阻止今天这场势在必行的捕猎行动啊！突然，一直冲在前面的几只猎狗，它们的尾巴突然向空中甩动，嘴里不断发出呜咽，气氛异常紧张起来，狗像是嗅到了雉鸡发出的气味。

紧接着，前面的几只猎狗同时爆发出急促的撵叫声，一只雉鸡从温热的窝里被猎狗赶出来，从狗群中"啪啪啪"地拍打着翅膀，腾空而起，我们的目光也随之飞上了天空。雉鸡在空中画了一道抛物线，很快飞落到附近的雪地上，目标早已被预先站在制高点的人锁定，人狗又同时朝着雉鸡着落的目标，一窝蜂地追过去。

这时候，我们几个小孩再卖力，速度再快，也总是晚到一步。我们的速度和体力都远不及大人，但我们丝毫没有泄气，不甘落后，努力跟上。

雉鸡是一种天生飞不远的鸟。一般的雉鸡就是飞那么一两程，它就趴下飞不动了。最厉害的，也不过是飞三四程，最后都是瘫倒在雪地上，束手就擒，往往很快成为打猎者的囊中之物。

据说优秀的猎狗不吃捕获的雉鸡，我亲眼所见，的确这样。猎狗们只是把雉鸡咬死。留在雪地上的，往往只是几根美丽诱人的羽毛和几滴鲜红的热血。

那天，我们就这样一次又一次，敲山震虎，抓住雉鸡飞不远的弱点，按部就班地捕捉。到了太阳快要落山时，结束了一天筋疲力尽而又酣畅淋漓的捕猎，我们这才将一个已被搅得天翻地覆、人声狗声沸腾的猎场还原为本是一片洁白宁静的雪野。

最后，拖起一身疲惫，大家收归一处，准备返回时，人狗已是精疲力竭。我感到又饿又累，小小双脚已是酸软麻木，很想一屁股瘫坐在雪地上。

猎狗们也累坏了。眼前一只只纵横雪野的猎狗，经过一天的亢奋和捕猎，上身勉强被一双双前脚撑着，斜蹲在雪地上，伸出一根根长舌，不停地喘着粗气，腹部一鼓一松。

猎狗们盯住我们的目光里，似乎满含深情，像是在诉说一天的劳累，也像是在祈求一点什么施舍，它们也许在心里想，应该有点奖赏吧，疲态看起来让人怜悯同情。

尽管又累又饿，但人狗都觉得值，劳有所获。几个青年把手上的雉鸡拿来一数，个个都兴奋了。那天，我们一共猎获了九只雉鸡。有雄雉，有雌雉，有老雉，也有仔雉——战果辉煌。我们提着这些雉鸡，满怀喜悦回家。

回家的路上，这些雉鸡让我第一次明白，一个人要想有所获得，就得付出汗水与代价。

走着走着，突然间，我看中了其中一个大人手上的一只仔雄雉。这只仔雄雉白色嘴壳，头顶乌黑，两腮和眼圈鲜红，身上已开始冒出成年雄雉美丽的羽毛，而且越看越好看，越看越喜欢。我甚至控制不住内心的占有欲，于是，趁还未走到寨子，我轻声祈求般向这个人开口道："我不去上面你们的寨子了，我太喜欢你手上这只仔雄雉，请你把它送给我，好不好？"这个人边走边说："那不行，全拿到我们家去。"他连头也没有回一下，语气十分坚定，几乎没有商量的余地。而且，我向他索要雉鸡后，我觉得他加快了脚步，有意回避我，甩开我，我感到既失望又生气。随便向别人开口索要东西，我很快就感到后悔和羞愧。可我又在想，祖先有言"上山打猎，见者有份"。今天，我自始至终参加了捕猎，我也累呀，也付出了代价，也有我一点功劳，该有点回报吧。这么想着，这个人早已走远了，越来越远离我的视线，一只美丽的仔雄雉离我而去。

我远远站在他的身后，看着他的背影，越看越恨，越看越觉得他丑陋，我在他的背后做了一个鬼脸。

怀着失望与气愤，到了家门前。一进门，看见我哭丧着脸，父亲问我怎么了，我说："××舍不得给我一只仔雄雉。"父亲说："那人的德行就是这样的，是他们那个家族出了名的一个自私和吝啬鬼。"原来，父亲早就了解他。父亲还宽慰我："对面山上全是雉鸡，以后你长大了，带上猎狗去撵。"听后，我觉得父亲说得对，可内心的怒气依然不减。

夜里，我在被窝里难以入眠，一直想着白天的这桩事，在内心里反复发誓，从此，我要当个出手大方的人，切忌像那个男人一样。一个大男人，就连一只仔雉也舍不得，被一个小小孩子鄙视。我在想，一只雉鸡算不了什么，更何况是一只仔雉鸡。得不到一只雉鸡是小事，舍不得一只雉鸡是大事。从此，他在我心目中，有了一个吝啬的坏名声，成了永远被我一个小孩唾弃的人。

夜深了，我还在反复告诫自己，自己以后千万不能成为这样的人！

随着一天天长高长大，我觉得自己逐渐懂事了一些。在做人做事上，特别是行事风格上，我始终以那天那个男人的吝啬行径为参照，引以为戒。

想起那时候，山村生活条件十分艰苦，作为孩子，就连角角分分都喜欢，只要听说寨里谁家杀猪宰公鸡，我的鼻子比狗还灵，鲜亮的鸡毛和黑色的猪毛总是逃不过我的眼睛，逃不过我的执着追寻。

那些猪毛鸡毛，哪怕被人倒进寨边刺笼里，我也会不惜一切代价去寻找，奋不顾身钻进刺笼里。我将捡回的鸡毛猪毛拿到乡上去卖，再买回一大包水果糖，把寨里所有的孩子叫过来，把糖果分发给他们，吃得他们个个嘴上蜜糖飘香，五彩缤纷的糖纸常常铺满地。

倘若说猎雉是成年男人的强项，那么可以说套鸟是我们这些小孩的强项了。

记得我们寨子上方有个大水凼，每年到了枯水季节，它就变成这附近唯一的一个小水凼，成了鸟儿唯一的吸水处。

每天午后，附近所有的云雀都不得不到这里来吸水，就被我们瞄上了。我们这些半大的孩子，利用冬季云雀集中一处吸水的机会，常去那里套云雀。

每次只要是套得一些云雀，也是一次难得的打牙祭的机会。我会把套回的云雀一只不剩地分发给比我小的同伴们，我绝不会私藏。由此，那时候，我的身边随时有一群对我百依百顺、言听计从的孩子。

到了小学四年级寄宿读书时，一个星期天的早晨，我独自一人，带上一把砍刀来到水凼边。

我从附近树沟僻里啪啦砍来几抱树枝，用枝丫沿着水凼边把水凼团团围了个圈，只留下了一个小缺口，把捕鸟套架摆在缺口上，我藏匿在附近，等待前来吸水的一只只云雀。

起初，我一直处于高度警惕和难以遏制的兴奋里，感觉不到任何难受。渐渐，在坚硬冰冷的地上趴久了，觉得腰酸脖子酸，胸腹和双膝一直被凹凸不平的地面顶着，感到十分疼痛，我开始头昏眼花，极其难受。可为了空中飞来飞去的那些云雀，为了学校里我那些不分彼此有福同享的同学，我只好忍耐住，继续趴着。

午后，渴急的云雀，成群成群地从四面八方飞来，陆续飞抵水凼上空，密密麻麻，形成一大片云影，遮去了头上的半块天空。然后，这些云雀伺机纷纷扬扬地降落，飞落到水凼附近，潮水般涌向水凼，涌向仿佛是缺口一样的捕鸟套，捕鸟套迷惑了云雀。过了一会儿，开始有云雀把头伸进套里，前后一伸一缩，然后是扑棱棱地展翅，那是上套了。套住一只我便解一只，装在一个挎包里。一只，两只，三只……到了下午，我只身一人，套住了三十多只云雀。

当我收起捕鸟套，提起这包沉甸甸的云雀，准备离去时，我又一次想起了那天在雪野上捕雉鸡，想起了向那个男人索要雉鸡的事。我又一次感到羞愧。于是，我没有回家，而是决定返校，给同学们一个天大的惊喜。

在返回学校凹凸不平的山路上，来自手上这包巨大收获的喜悦和兴奋一直陪伴着我，我巴不得一步就跨进校门。

我提着沉甸甸的包，来到学校，跨进寝室，站在同学们面前，高高提起一大包鸟，所有的同学都围过来，我很快被他们簇拥。他们个个都好奇，打开包，发现是一大包鸟，都惊喜了。我们七手八脚把套回的云雀有些拿来烧，有些拿来煮，顿时满屋飘香，让这些已好长时间未沾油荤的同学们饱餐了一顿，吃得他们个个满嘴油，对我的战果赞不绝口。

吃着吃着，感到香滋滋，满怀胜利喜悦的同时，我的心情又回到了撵雉时的那种羞愧，我想起被我们狼吞虎咽的这三十多只云雀，想起了"鸟也有家"，想起了那些幸免逃脱的云雀失去"亲人"的孤独与悲伤，也许三十多个"云雀之家"毁于我的幼稚与贪婪，一阵怜悯的心情油然而生。我又感到有些内疚，觉得自己的行为有些残暴。

于是，从那以后，我从内心里发誓，不再去猎雉和套鸟，也的确再也没有做过了，这就叫悔过自新吧。

迫不得已

　　父亲生长在四川凉山西部觉克瓦吾山下,自幼一直在故土摸爬打滚,与泥土打交道。长大成人,成为我的父亲后,他每天拾柴背柴,下地干活,放牧牛羊,风里雨里,一个大男人,光着一双脚,在潮湿冰凉的泥土上行走,并以此为荣。

　　父亲不知道,最让我们一家人心疼的是他白天干重活,夜里在火塘边就地而卧,吸收湿气过重,长年累月,他已是积劳成疾。

　　尤其进入中年后,他常常逢人就说,自己常感到手脚关节疼痛,有时甚至是麻木,怀疑自己是患上了"死色病(彝语指风湿关节炎)"。而且越到后头,他这样说的时候越来越多,想必是身上的病痛越来越严重。

　　那时候,我正在读小学四年级,万万不会想到,父亲的病与自己的读书有什么内在关联,父亲从不提起,我自然也就不知道父亲肩上扛着我们这个家,父亲的身体垮了,意味着我们这个家就垮了,家垮了,我就读不成书,当时这些道理我的确一概不知道。

　　令我刻骨铭心的是,父亲凡在一个地方坐久了,起身时,双手往往撑着双膝,十分艰难,嘴上"哎呀呀、哎呀呀"地叫唤不停,皱鼻皱脸,显得十分疼痛的样子。每次坐下也如此。

　　夜里,我挨着父亲睡。每到半夜,我能感觉到父亲是忍不住了,还在辗转反侧,而且只要稍微动弹,其身上的骨架就像身下那架老木床,总是吱吱嘎嘎地叫个不停,人也在不停地呻吟。每当这时,我在那床几十年岁月染黑的被盖里,屏住呼吸,从内心深处深深地同情他,甚至想流泪。

当时,山里条件极其艰苦,缺医少药,家里也十分拮据。但父亲并不甘心忍受病魔的任意折磨,还是想方设法筹钱,捡过中草药,熬过中药汤;也按山里人的秘方,到山涧河谷抓蛙捕蛇煮来吃;还请来毕摩巫师,在家里念经驱鬼,但是,这些办法都无济于事。

每天夜里,一家人坐在火塘边,面对正被病痛煎熬,不分白昼,无可奈何躺在家里的父亲,母亲和我们兄弟姐妹几人的目光同时在父亲那张为了我们而显得苍老和被病魔折磨得日渐消瘦的脸上晃动,而且越看越觉得心酸心碎。然后,我们总是陷入沉默,一个个成了火塘边沉默不语的黑色锅庄石。

自从父亲病倒,整个屋里失去了往日此起彼伏的欢声笑语。

父亲是我们家里的一把火,父亲病倒,我们不仅失去了温暖,感到满屋冰凉,也觉得满屋黯淡。一缕缕忧伤,就像山里的夜色,沉沉笼罩着我们全家。

父亲不仅是我们血肉上的父亲,心灵上的父亲,还一直也是我们全家人的顶梁柱啊!

一家人的开荒耕地、拾柴劈柴、砍竹劈竹、冲墙建房、为生产队运肥料和粮食,这些重活全被他一个人默默扛在肩上。父亲患病了,母亲无法担当起这些重活。

父亲病倒的那些日子,我们全家人都在担心、忧伤,甚至一度几乎是绝望了!

作为母亲的精神支柱,父亲身体健壮时,全家充满希望,母亲对这个家充满信心,早出晚归,十分勤劳,觉得日子有奔头。而现在父亲被病魔缠身后,母亲心中的精神支柱倒了,希望泯灭,她万念俱灰,感到没有力气,无心做事。甚至有一两次,我偷偷看见她背着父亲和我们,在悄悄流泪,这时,我自己的泪水也无法控制。

除了因父亲病痛而忧伤的心情时时折磨着我幼小的心灵外,那年春季开学不久,有天夜里,在火塘边,父亲把我叫到他身边坐下,抚摸着我的头,有气无力地说:"我病成这样,你的几个弟妹还小,家里的牛羊无人放养,土地也需要人去看顾,家里人手紧缺,你干脆回来,不要读书了。"父亲是迫不得已才说出这番话,我望着父亲日渐消瘦的脸,点了头。我不得不停学回家。那些日子,我想我此生是读书无望了。放弃读书学习,远离学校,整天在家里做家务,放牧牛羊,我感到十分苦闷。可是,作为一个小孩子,那时候,我能做些什么呢?唯一能做的,只有在心中默默期待着父亲早日康复,自己能早日去上学,回到快乐的学校里。但这样的期盼,始终只是期盼,不会变成现实。

这时候,我才知道,原来父亲的病情与我的读书有着紧密的联系。

父亲整天躺在火塘内侧暗淡的篾席上,动弹不得,足不出户。

这是父亲不愿看到的结局,他的手脚被束缚了,但他还是不服输。

父亲的病情也同样牵动了附近几个寨子的人。

有亲人和邻居纷纷前来家里看望父亲。每次来,刚下坐,看见在痛苦的呻吟中卧床不起,一直与病魔抗衡的父亲,他们便在泥屋暗光的庇护下,神秘、悄声地劝说他:"与其受这样的折磨,不如宰一条狗来吃。"也许是出于同情,他们反复且不厌其烦地说:"狗皮揉熟,夜里垫着睡,去风逼寒,是专治风湿病的良药。"这时,母亲和我们顾不上那么多,都期待着父亲点头,希望他能把来人的话听进内心,答应吃狗肉,早日康复。可父亲每次都摇头说:"那不行,狗与我们都是灵长类,是同祖。刮它的皮,吃它的肉,与刮人皮、吃人肉没有什么两样,那是犯忌,再疼痛难忍,我也不能做出这类伤风败俗的事。"好几次,来人好心的劝说都被父亲拒绝了,那几个热心的男人总是怀着希望而来,摇头而回。

来人走后,留给我们的,依然是火塘边的一片叹息和失望,也包括我对读书的失望。

吃狗肉,这无疑是父亲心中一道难以逾越的鸿沟。

的确,狗是我们彝族的图腾,我们同属于有血的六种雪子(人、狗、马、猫、熊和蛙)之一,我们都是灵长类,是亲属。

对传统风俗的敬畏与捍卫,构成了父亲十分坚定的拒绝。

其间,父亲的病情不仅不见好转,而且每况愈下。

又在一天夜里，同样是那几个热心而心怀悲悯的男人，他们又披着朦胧夜色，陆续来到我们家，刚落座火塘边，还来不及抽上一口烟，他们又悄悄劝说父亲吃狗肉，用狗皮做垫毡。

与以往不同的是，这次，也许是父亲已病入膏肓，到了无法忍受的地步吧，加之家里已是一贫如洗，已经到了无钱开药治病的地步；也许是父亲心里的最后一道防线开始崩溃，已顾不上那么多了；也许是父亲想到，孩子是家的希望，是父母心中的火把，不能让我因他而放弃读书，山里的孩子读书不容易，不能让心中的火把早早熄灭。我们看见父亲面对来人劝说时摇头的次数越来越少，甚至意外发现他索性不摇头，似乎是默许了。

父亲终究失去了坚定的语气，甚至是默许，这是对禁忌的妥协，是对病魔的屈服。他已跨过了一直横亘自己内心的一道鸿沟，这对我们一家人而言，就像一束阳光，照亮了我们一家人的心。在我对读书已经绝望的内心里，生起了一丝希望，心间掠过了一丝喜悦。

又有一天晚上，那几个邻居男人又来了，刚落座，父亲想，他们肯定又是来劝自己吃狗肉的，他索性说："我病成这样，也难熬，家里经不起我整天躺着，孩子也读不成书，管它效果如何，试一试。"听到这话，母亲和我们几兄妹高兴得只差没有跳起来了。

记得半年后的一个春天，我们欣然看见父亲走出屋子，在正午的阳光里，他拖着初愈的身躯，在屋前屋后转悠，看守寨子附近散放的猪鸡，我们的心情也随之开始转好。

有天夜里，一家人同样坐在火塘边，正打发睡前的时光，吃了十几次狗肉的父亲，先是愉快地伸了个懒腰，用手捶了一下背和膝盖，然后是破天荒地说："这几天，我觉得好了一些，身上轻松了许多！"父亲这句话，仿佛是一只巨手，搬去了一直以来沉沉压在我们一家人心头的巨石，让我们也松了口气；又仿佛是一阵盼望已久的春风，吹散了一直笼罩我们全家的忧伤，一家人布满阴云的脸上开始绽放出笑容；也仿佛是一束明亮的阳光，驱散了曾经笼罩我们一家的幽暗。

父亲的身体神奇般地康复了，我重返校园读书的希望几乎变为现实，只期待父亲的一声令下。

父亲康复后，浑身充满了力量。寨边的土地上，山上牛羊群的身后，山林中，重现父亲勤劳的身影。我们结束了忧伤的日子，一家人又重新回到往日满屋充满温暖与生气的生活，母亲也恢复了往日的勤劳与活力。

那天夜里，父亲十分愉快地把我叫到身边，同样抚摸着我的头，郑重地说："因为我的病，耽误了你半年多，现在我的病好了，明后天，你还是照旧去读书吧。"原来，他根本就没有放弃支持我读书，原先我还以为自己永远听不到这句话，也不可能去读书了，我怀疑自己是不是听错了。但父亲的确是说了这句话，我被感动了，只差流泪。

那夜，我被兴奋搅得几乎彻夜难眠。

早晨，作为全家在读书上唯一希望的我，吃过早饭，装上几个烧洋芋，背上小小书包，像一只欢快的小鸟，高高兴兴地出了门，离开家，重返校园。我小小的身影又重新出现在那条曾经十分熟悉，通往学校且弥漫春天气息的山路上。我又看见了前面那所简易的山村小学校，神思已融入从前面那间简陋的教室里飘来的琅琅书声里。

我与狗

"像一条狗。"谁都知道这是一句骂人的话。这句话把糟糕、窝囊的人比喻成一条狗。可我从小便讨厌这句话,讨厌这样说话的人,我认为这样骂别人的人,比起被骂的人还要糟糕。狗并不窝囊,也不是孬种。

城里人养狗,狗纯粹只是宠物,是主人的玩物。晚饭后,左邻右舍,楼上楼下的住户纷纷来到街上遛狗,我看见的反而是狗牵着人,人在后,狗走在前,有时狗还随地大小便,多少影响了人行道的整洁,影响市容市貌,还不时招来身边人的冷眼和厌恶。这不怪狗,而是怪养狗的人。

在我们山村,除了让狗昼夜看家护院以外,每家人多少有一群牛羊,白天,牧人带上狗,在豺狼出没的山野上放牧,狗还能看护牛羊。狗是一堵又高又厚的墙,紧紧捍卫着牛羊群的生命安全,这就是牧犬。

从前的狗还可以捕猎,所以有一种狗叫猎狗,它的体形,长途奔袭猎物的耐力、嗅觉、灵敏度,均与普通的家狗不一样。捕获猎物,常常给主人家带来惊喜,生活艰难的日子,能让主人家打一次小小的牙祭,增添一些营养。

因此,在我们山里,一家人离不开一条狗。

就一个人而言,从小到大,其生活、健康和平安,也与一条狗有着千丝万缕的联系。

我本人就是。

父母还健在时告诉我,我刚出生时,他俩高兴得不知所措,脸上时时挂着笑容。

而我呢，一生下来就哭，饿奶时哭，喂饱喂足了奶也哭，被人抱着也哭，放在床上也哭。白天还偶尔眯一下眼睛，一到晚上，整夜整夜地哭，俗话说就是"倒夜"。我把父母折磨得不成样子。一家人不得安宁，特别是我的母亲，艰难地生下我，人已经是筋疲力尽了，身体和精神还来不及恢复，又遭受我倒夜哭叫的折磨，好几个月里，几乎没有好好睡一宿，刚生下我时的笑容已消失殆尽。

饮食上呢，顿顿是煮洋芋，粗茶淡饭，吃不上一顿荤菜，营养不良，越到后面，母亲的精神越濒于崩溃。

半年后，母亲在梳理头发时，发现自己的发丝一把一把地往下掉落，一头乌黑浓密的头发，已变得稀疏单薄，人也变得十分憔悴。

殚精竭虑的父母，这才想起了狗。

据老人说，婴儿倒夜，是惹了邪气，说狗能避邪。只要把倒夜的婴儿抱起来从狗身下穿过就会好。父母照办了。果不其然，过了几天，只要白天喝足了奶水，夜里我就睡得香，恢复了正常。至少也保证了母亲在夜里的睡眠，母亲的精神这才渐渐好转，头发也逐渐掉得少了一些。

一家人宁静的生活没有过上两年，我刚满两岁的时候，动辄出现发烧、感冒、咳嗽的症状，又让一家人进入寝食难安的日子。父母三天两头把我抱去乡卫生院看病治疗，父亲把毕摩请来家里，三天两头做法事念经，不分白天晚上地做，就是无济于事。父母几乎跑断了腿，时间久了，对法事念经和医院都渐渐失去了兴趣。可我一直还是病恹恹的，一家人都在为我担心，怕我成不了人。

据说，慈爱的母亲常把我紧紧抱在怀里，把脸紧贴在我稚嫩的小脸上流泪。

全家人都在为我操心、揪心、提心吊胆。听说我的情况，有一天，居住在不远处另一个寨子，以古道热肠而受人尊敬的二叔，亲自来到我们家，他进屋还来不及坐下就急着对我父亲说，孩子经常发病的事，他知道了，建议给我取上一条狗的名字。他觉得狗的名字低级庸俗，甚至污秽。取在谁身上，谁就受玷污了，沾上了污秽，连鬼都嫌弃，当然不会惹病了。父亲听后，也觉得叔叔的话有些道理，看了一眼正蹲在火塘下方的那条叫"薇各"的狗，然后说，就叫他"薇各"吧。

到了我记事的年纪，我家这条叫"薇各"的狗还在，它性格温和，不爱串寨，不贪嘴，昼夜伏在门前，看家护院，我们一家人都喜欢它。

说来也蹊跷，取上了家里这条狗的名字后，我的病情日渐好转，也不再是三天两头就得病。仿佛是有人从我身上把病根彻底掐掉似的，直到能上学，每天我都是快快乐乐地进学校。

从那天，"薇各"成了我"乌萨"这个名字以外的另一个名字，我背上了一个俗气的名字，但是我这一路也的确是平安，一直到现在，似乎是托了这条狗的福。

也许是和狗有着与生俱来的缘分，我从小就喜欢狗。

在小学读书时，有时候，一边听课，一边想，养一条小狗在身边，该有多好玩啊！这样的想法越到后面越发强烈。读小学四年级的那年冬天，我硬是从家里把一条小黑狗带到了学校。

在家里，我与小黑狗，彼此本来就喜爱有加。离开家，到了小小的学校里，生活在一间小小的寝室，朝夕相处，患难与共，彼此的感情更深了。每顿饭，我从自己小小的饭碗里拨一部分给小黑狗，我俩更是同甘共苦，相依为命。只要不上课，我随时抱着它，抚摸它，逗弄它，它也给了我许多乐趣，成了我在学校的小伙伴。除了上课，我俩已经形影不离。

那时候，我们当学生的，要住校，要在食堂吃饭，从低年级到高年级，要分期分批分班给学校食堂拾柴。那天轮到我们班上的几个同学。我把小黑狗带上山，在学校背后浩瀚的山林里，忙于拾柴，一不小心，我把小黑狗弄丢在密林中。记得那天我急坏了，我边找边呼唤它，喊破了嗓子，还叫上一起来拾柴的同学也一同寻找，直到太阳落山，就是找不到小黑狗的影子，最后只好放弃了。我的小黑狗被丢弃在茫茫林海里。

那天，我小小的心，也随小黑狗迷失在那片茫茫的松林里，一直到后来很久，只要想起小黑狗，我都像丢了魂似的。当时那种心爱之物丢失后钻心的惋惜，至今也刻骨铭心。

自从开始读书，父母勒紧裤带，含辛茹苦，咬紧牙关，满怀信心，供我读书。不仅如此，整个家族也对我寄予厚望，因为我的学习成绩一直很好。到了高中二年级，我的学习成绩依然在班上名列前茅。可进入高三那年，我的身体开始出现不适，经常头昏眼花，日渐消瘦，我无法认真上课，甚至是三天打鱼，两天晒网。班里的其他同学已进入紧张的高考前复习，我却待在家里服药养病，我对高考已失去了一半的信心。家里的人都以为我是参加不了那年的高考了，更谈不上考上什么学校，考上什么本科，同样对我失去了信心。

就在距离高考只有短短三个月的一天晚上，我做了个梦，梦中我变成了一条猎狗，围绕县城背后巍峨的诺尔博山，追撵一只迷人的梅花鹿。我一圈又一圈地撵，撵啊撵，追啊追，最后我牢牢抓住了这只梅花鹿的一只后腿，我的右手感受到了来自梅花鹿身上的温热，热乎乎的感觉很快流遍我的全身，我惊醒于这个夜间莫大的收获里。

早晨醒来，我急忙把这个梦告诉了父亲。他满脸洋溢着笑容说，这是个好梦。我说，何以见得？他说这是个好兆头，今年你可能考得上一个好学校。我喜出望外，可同时也在怀疑自己，半年多没有认真上过一天的课，怎么可能考得上呢？不管怎么说，父亲为我释梦，那仿佛是一颗定心丸，离我而去的信心仿佛重新回到我的身上，我从内心深处产生了一种重返学校复习考试的愿望与动力。我怀揣着这个让人十分振奋的梦，返回学校。在学校里，我忍受住身上的病痛，认真上课，认真复习。后来我身上的病好了，终于得以参加了那年的高考。

就在那年八月的一天，我接到了西南民族学院（现西南民族大学）的录取通知书。当我手里拿着沉甸甸的录取通知书时，感到难以抑制的喜悦，心里却想起了那个自己变成一条猎狗在诺尔博山上追撵梅花鹿的梦。

从那以后，我一直生活在有狗的世界里。

直到今天，我对狗还保持着一种特殊情怀。

神 话

每天下午下班后,路经西昌市第一小学的大门外,来接娃娃的家长,有骑着电瓶车来的,有开车来的,有走路来的,总是把大门外面本来就有些狭窄的道路堵成水泄不通,堵得让人心慌。这往往让我从内心深处觉得十分感慨。一是感慨现在的学生娃娃们真是养尊处优,甚至被宠得有些过头了,离校较远的家长我们暂且不说,有些家就在学校附近的学生娃娃,家长也同样来接;二是感慨我们那时候读书真的是不容易。

我从小生长在山旮旯,由于家境十分贫寒,在读小学时就学会了自谋生路。

只要到了假期,我们便在寨子里捡些猪毛鸡毛,还要挖药材、摘松果,拿到乡里去卖,目的就是挣点学费。

而那天背柴去卖,也是为了挣点学费。

记得那是个冬天冰冷的早晨,天光尚未亮开,手脚冻得发抖,可我和邻居家的一个男同学已经从家里出发。我俩各自背着一捆半干半湿的柴火,目的地是距离我们的寨子十几公里外一个叫棵波洛的劳改农场。

一路上,我俩冒着从周遭不断袭来的寒气,背负沉重的柴火,硬撑起被压弯的小小身子,一步一步地用脚步丈量着山路,把柴背过几片苦荞地,背过几片洋芋地,翻过几座小山。午后,终于到达了距离农场约有一公里处。能看见农场时,我俩已是气喘吁吁,浑身冒汗。

眼看就要靠近农场,释下重负,接近胜利。想到很快就能卸柴、称柴、数钱，想到诱人的钱马上到手，开学报名时不会因为差钱而被老师拒之于校门外，我内心里洋溢着一阵喜悦，身上充满了轻松与愉快。

这时，远远看见一只狗在农场大门口晃悠，它抬起高耸的头，一阵东张西望后，发现了我俩，朝我俩吠了两声，似乎已锁定我俩作为目标，然后向我俩冲来。紧接着，它身后有一大群狗也跟着潮水般涌来，腾起一路的尘埃，直朝我俩奔袭而来。

这是一群被农场的剩菜剩饭和肉汤喂养得肥头大耳的狗，体形庞大，凶猛如野兽。平时，这群狗被一根根粗大的铁链紧紧系在大门两边，系在场内道路两旁，见了我们背柴卖柴的人进出，只是自不量力地张着一张张大嘴，汪汪叫着，暴跳如雷，想挣断铁链，欲向我们疯狂扑来。它们脖颈上粗笨的铁链不让它们为所欲为，可今天怎么会敢放呢？

见此险情，远处有几个农场的人也摸爬着追来，他们是在农场劳动改造的人员。

疯狂的狗群卷土而来。黑狗黄狗灰白狗，高低错落的犬吠，狗身后的滚滚尘土，无数双巨掌落在地上的声音，合成席卷大地而来的一阵巨大的暴风骤雨，直逼而来。大地在狗脚下往后飘移，我俩与狗群的距离在它们的奔涌中飞速缩短。

事隔几十年后的今天细细想来，当时的阵势，多么像现在《野性非洲》纪录片中，遥远的非洲赛伦盖蒂草原上狮豹穷追角马和羚羊的场景，真是惊心动魄。

我俩已成了等待狗群前来撕扯的两堆活肉，心里多么期盼那些人赶快到来，但他们的速度无法与狗相比。

平时在满寨子里疯乐时，邻居家或附近寨子里的狗来咬人，那是常有的事，且狗小，就那么两三只，多数时会被身边的大人们赶开，只是被惊吓一阵而已。即使被咬到，最多也只是小腿肚被咬一口，渗出几滴血，或受点皮外伤，不会危及生命。

但是，眼下，我们两个是背负重柴、手无寸铁的小男孩，遭遇的是一群凶猛如藏獒的狗。

想到自己即将在这样的无助中被一群凶猛的狗撕碎，即将与亲人们永别，我已彻底被恐惧包围，全身开始发抖，双腿酸软，魂飞魄散，内心绝望。

我突然感到深深的后悔，哪怕在家里放牧牛羊也行啊，千不该万不该，就是不该来卖柴。

我们两个孩子已被逼上了生命的绝境！

面对这群迎面而来的凶猛大狗，我俩同时下意识搜寻起周遭，可视域内，除了两棵孤零零的松木电杆，没有一棵树，没有一道沟坎可供抵挡。那是一片无遮无拦、空阔的土地，没有任何可躲藏之处。手无缚鸡之力的我俩，负重站在这片空旷的土地上，大脑已被紧张、恐惧所占据，失去了行动的能力。

我第一次感到死神降临的滋味，惊恐，大脑一片空白，绝望，崩溃，魂不附体，麻木，失去知觉。

危急万分，真叫急中生智啊！脑海里突然被惊恐挤出了两个字——"爬杆"，于是我想起了旁边的松木电线杆，两棵黑色粗糙的松木电线杆，就像是两个"巨人"，迅速出现在我慌乱的目光里，我仿佛看见了另一个我。慌乱中，我赶快卸下柴，对身后的伙伴说，赶快卸柴，赶快爬上电线杆。但他已是满脸煞白，人也同样在发抖。

那是在挣命啊！我使劲挪动已被吓软吓沉的身体，挣到几米开外的电线杆下，抓住了电线杆，就像抓住了自己的生命一样，然后紧紧抱住杆子往上爬。

松木电线杆上，幸存了一些一节一节往上延伸的、当年没有刮平的树眼，我俩就是紧靠这些树眼做支撑，脚蹬手抓地往上攀爬。我咬紧牙关，使出全身吃奶的力气，一寸一寸地往上爬，爬一寸，意味着离地上的狗群高一寸，被狗抓住的可能性相对减少一寸，就获得一寸生存的希望，活命的希望。

这时候，一个个凸出的树眼，仿佛是一只只手掌，是一双双有意伸来搭救我俩的手臂，也更像是人肩搭成的人梯，一步步把我俩送上了安全地带！如果那天要是杆身没有这些幸存的树眼，是平滑的，我俩怎么也无法往上爬，结局呢？可想而知。

惊恐万状，爬到大约两米高，狗群兵临城下，已猛扑到电线杆脚下。它们冲电线杆使劲往上猛跳，甚至有的狗鼻和前爪几乎触到我的脚板，只有几秒钟的时间差啊！

当我俩同时扭脖回头往下一看，只会奔跑而不会攀爬的狗群已失去了它们的优势，只好用前脚搭在电线杆上，一张张狰狞面孔仰望杆上的我俩，疯狂怒吠。

他们朝电线杆乱抓撕咬，不断发出嘎吱嘎吱的声音，对着电线杆尽情宣泄自己的失望与愤怒。我俩仿佛成了两只被赶上树、死里逃生、可怜的小考拉，唯有死死地抱住电线杆！

第一次近距离悬浮在好多张狗嘴之上，许多张嘴凑在一起，成了一个巨大的幽深黑洞，等待我坠落。从一张张狗嘴里喷射出来的气浪，不断冲击着我的下身。我感到如临深渊，头晕目眩，体力不支，随时会坠落，只好闭目死死抱紧电线杆，那是在紧紧地抱住自己的生命啊！

经过一阵殊死拼搏，我的体力在迅速下降，感到天地在倾斜，随时会与电线杆一同倒下。

狗通人性。或许它们已看出我俩在电线杆上坚持不住或坚持不了多久，感到我俩身上有限的忍耐力，更增添了它们的威风；或许是够不着我俩的失望更激怒了它们，眼看狗群更加愤怒，更加凶猛，吠叫声更大更激烈，对着杆身抓咬的声音更加猛烈。

我又一次失望，渐渐绝望、崩溃，甚至已是麻木，已经快要支撑不住，准备放弃，把自己的身子眼巴巴拱手送给地上的狗群，任它们宰割。

紧要关头，几个追过来的农场劳教人员已赶到，他们个个满脸汗水，气喘吁吁。他们一边迅速抓起地上的石头或土块，向狗群乱扔，赶开狗群；一边仰望着电线杆上的我俩，上气不接下气地说："阿伊（小孩），吓到了，对不起，没有事，没有事，我们把狗赶开，你们俩轻轻下来。"他们一边安慰我俩，一边还在继续赶开狗群。狗群见了主人，奴性毕露，一条条低着头，夹着尾巴，乖乖往回走了。

他们赶开了兽群般的狗，我俩这才下了电线杆，终于脱险了，一场噩梦般的惊险归于平静。

我俩孤零零地站在两个"巨人"下,站在人狗背后孤寂的空地上,就连一句感谢的话也说不出来,半天惊魂未定。惊险离开了我俩,可我俩还站在一场惊险的余悸中。

他们说"把柴背上,慢慢来",然后赶着狗群往回走。

我俩泪水模糊,望着一个个穿着灰白衣服的背影,他们吆喝着狗群,渐渐走向农场。

夜里,在火塘边,我把白天发生的历险讲给父亲听,他先是把嘴里正抽着的兰花烟停下了,然后静静地听着我的话。听着听着,他忘掉了手中的烟。也许是在同情我,暗自庆幸我没有发生意外。我感觉到父亲在深情地望着我,目光里洋溢着一阵阵从未有过的温情。他说,从明天起,没有大人相随,你自个儿千万不要去卖柴了,我答应了。

而此前,那些劳改人员,他们在我的心目中一直是一些坑蒙拐骗,烧杀抢掠,无恶不作的犯人,是坏人,让人畏惧。还记得,他们这些人,或一两个,或三五成群,到我们山寨附近的山坡上拾牛粪马粪,我们这些不谙世事的小孩,见了他们,都是避而远之。但是,今天,想不到这些在我心中一直是坏人的人,却挽救了我俩的生命,危急关头彰显了善良的人性。他们的行为改变了我对他们的看法,他们是一些勇敢、善良、心怀怜悯的人。我俩从内心深处对他们产生了从未有过的敬佩、感激与亲近,甚至是肃然起敬。

尤其是那两棵充满人性,宛若巨人般的木质电线杆,平时不分春夏秋冬,不分气候冷热,不分白昼黑夜,伸开双臂,连接南来北往的电线,传输电流,把相距千山万水的亲人心语传进彼此的心窝,让亲人天涯若比邻。今天,它们又搭救了我们两个人的生命。至今,我依然心存着感激之情。

自从那次,在求学的山路上,无论道路多么坎坷,多么艰辛艰难,甚至遇到十分危险的事情,我都觉得不足挂齿了。也许在经历惊涛骇浪后,小溪小河都算不了什么了。

今天,回到故乡,在同一片蓝天下,同一片土地上,不再是原来的视域。农场彻底消失了,农场的旧址住上了移民搬迁户。曾经两个"巨人"站立的地方,变成了地膜玉米地。那条我们曾经往返于其间背柴卖柴的山路,已变成了通村硬化路。面包车、小轿车、越野车常常像山鹰一样飞驰于这条山路上。我们的那个山寨呢，通过几十年改革开放春雨的滋润，通过近几年实施精准扶贫"两不愁三保障"，家家有安全住房，有电视，有安全饮用水。家家户户房前屋后栽上了花椒和苹果树，每年一到夏天，绿油油的荞麦和玉米，成林成片的果树，把寨子深深地覆盖于其中。每次回去，偶尔还有迷路的时候。而寨里的孩子们呢，个个享受着"两免一补"，按照脱贫攻坚控辍保学一票否决的政策要求，都在学校里读书。曾经我的这些遭遇，在现在的学生娃娃们看来，也许已经变成了神话，但它永远留在了故乡的山路上。

有言在先

只要对生活用心，平时善于留意生活细节，再深奥的哲学道理，往往也是存在于普通人的生活中，存在于朴实的话语和道理中。

我的父亲留给我的印象就是这样。

父亲一生在这个世上恍恍惚惚走了七十五个年头，七十五年间，他自己无法记清做了多少事，说了多少话。我更无法记清他做了多少事，说了多少话。但从我记事，父亲经常用一句话教育我们："做啥事都咬住不松懈，事就成。"虽然这是一句简单而又朴实的话，但他总爱用这句话不厌其烦地教育我们，教育他的那些侄儿侄女和孙儿孙女们。

他反复教育我们做事要认真细致，持之以恒。

而那时候，我没有把父亲这句话当回事，哪里听就在哪里忘，全当耳边风。

后来自己渐渐长大了，父亲同样还是用这句话教育人，可我还是没有把父亲这句话铭刻在心上，只是稍稍明白了其中的道理和他的用意而已。

父亲对我们非常严厉，他自己也是个言出必行的人，不仅话这样说，对别人这样要求，自己也是率先垂范，以身作则。记得那时候，他最憎恨那些做事敷衍塞责，拈轻怕重，半途而废的人。

我还常常听亲人们说，从前父亲挖地就是如此。

那时候，母亲他俩刚结婚，成家不久，他便把全部精力投在了勤劳治家上。

我们寨子附近有块十几亩的荒地，那是一片塌地，杂草丛生，寨里所有人都知道，那是一片很难开垦的土地，几十户人家，没有一家人去挖，甚至可能没有人动过要挖这块地的念头。

也许只有父亲知道我们谚语里说的"塌脸马能骑，塌脸牛能耕，塌脸人勤劳，塌地产粮食"的道理吧。他偏偏喜欢上了这片土地，想把这块"硬骨头"啃下来，也只有他敢动这个念头。经过一番深思熟虑后，父亲不听邻居亲戚的极力劝阻，有一天，他独自扛起一把锄头走向了那片荒地，挖开了具有挑战性的第一锄，是他第一个开垦了那片荒地。

自从那天，无论是阴天晴天，风里雨里，他都去挖地。早上挖，白天挖，晚上挖，天天挖。仅仅只用一年多的时间，凭借自己超常的恒心和毅力，他终于把这块"硬骨头"啃出来了，荒地变成了熟地，成了后来我们家不可多得的一块好土地。

父亲用行动践行了自己常用来教育人的那句话，让那些曾劝阻过他的亲人们感到十分惊讶，用行动与成就击碎了那些人的怀疑，让那些人佩服得五体投地。

而这块土地，种荞麦、种土豆，年年产量总是非常好，后来一直养育了我们几代人。

懂事后，我们兄弟姐妹就是在父亲"做啥事都咬住不松懈，事就成"这句话的熏陶下，在他的言传身教之下，茁壮成长。

记得我们家的周围有两三块土豆地，每年春播前要翻土碎土，就是用锄打碎土地上的硬土块，我们彝语叫"木加"。当时家里的两个姐姐早已出嫁，我们四兄妹还小，担不起重活，父亲是想给我们布置相对较轻松的活吧。有一次，父亲安排我们去这三块自留地碎土，我们欣然同意了。两三天，我们把三块土地上的硬土块碎完了。晚上在火塘边，父亲问我们，地碎完了吗？我们异口同声说，碎完了。不小的两三块地，这么快就被你们碎完了？想必父亲是有些怀疑了，第二天，他亲自跑到地头去看，他发现我们只是把表面上看得见的土块碎了，隐藏在土层之下的硬土块几乎没有动，这怎么行呢？回到屋里，父亲有些气愤，拿起锄头，仅用两三天的时间，满脸灰尘，重新把隐藏在下面的硬土块全翻出来碎完了。然后连教育带批评地对我们说："做事要有耐心，要认真，不能敷衍。"他还说，"把隐藏的硬土块留下了，成隐患，来年种下土豆，碍于土豆苗成长，土豆长不好。"他的话，他的认真，让我们都深深知错了，也羞红了脸。

渐渐，父亲说这句话的时候多了，我也逐渐听懂了父亲的话，也理解了他的良苦用心。

同时，我开始注意到，寨子里那些饲养牛羊认真，放牧早出晚归的人家，他们的牛羊就长得快；那些一年四季，风雨无阻站在地头的人家，秋天粮食就丰收。我在心里想，他们就是父亲所说的那种做事细致，能坚持住，"做啥事都咬住不松懈"的人吧。一颗粮食一颗汗。现在回想起来，与唐朝李绅的《悯农》所讲的"锄禾日当午，汗滴禾下土。谁知盘中餐，粒粒皆辛苦"是一个道理。

后来我进校读书了，每天晚饭后，一家人坐在火塘边闲聊时，父亲坐在火塘内侧的上八位，也是一边抽烟，一边用那句话教导我，叫我读书要用功，要细致，要有恒心，不能放松，只要坚持住，最后多多少少总是会有收获的。

父亲还教育我，当时的农村条件很差，吃的穿的都十分困难，一年四季，累死累活，到头来就连肚子都填不饱。要想跳出农门，唯有靠读书，考大学，找一份工作。那时候，我已经懂事了，我把父亲的话记在了心里。我想，我会努力读书。

在学校里，老师也同样教育我们，读书学习要用功，还天天用"持之以恒""锲而不舍，金石可镂""有志者事竟成"这类名言警句来鼓励我们，还用匡衡凿壁偷光、李密牛角挂书、孙敬悬梁刺股的事例来教育我们。

直到1983年7月，我参加了那年的高考预选后，第一科考试是语文。那天，我以十分激动的心情摊开语文试卷一看，作文是一道看图写作。图中，一个挽起裤脚的年轻人，扛着一把挖锄在找水挖水。他在第一处挖了一阵，离地下水还深，他说，这里没有水，便扛起锄头就走了。在第二处挖了一阵，离地下水位比较近了，但他又说，这里没有水，又扛起锄头走了。在第三处挖了好一阵，离地下水位已经很近了，本来再坚持挖几锄就出水了，可他最后还是同样说，这里没有水。他放弃了，然后又扛起锄头，到别处去找水。

写作要求是：认真看图后，题目自拟，写一篇800字以内的议论文。

我一看到这幅图，立马就想起了"持之以恒"这个成语，想起了平时父亲教育我们的那句话。

我的父亲，一个一天也没有进过学校，一字不识的山里人，他的想法，平时他在家里教育我们的话，居然与老师的教导不谋而合，如出一辙，惊人相似。尤其是今天摆放在眼前的试卷，上面的看图作文，事实上，早已被父亲出给我们练习了，父亲在家里天天给我们讲这些道理。于是，我暗暗觉得父亲非常聪明，有先见之明，父亲真是了不起。

看完图，看完作文要求，结合老师和父亲的话，我很快以"有志者事竟成"为标题写了一篇作文。我顺利地把作文写完了，不知道自己能得多少分，但想到今天的作文至少不会偏题离题，把住了主题，觉得心情十分愉悦。当时我想，今天的作文题，父亲在家反复教育过我们，假如今天我的作文得了高分，有父亲不可磨灭的功劳，我又一次从内心对父亲产生了崇敬和感恩之心。

父亲一直不遗余力地教育我，教育那些在农村放牧牛羊和耕种的亲戚，教育一茬又一茬正在读书的孩子。

父亲的认真，父亲做事细致的态度，父亲的坚持不懈，一直感化着我们兄弟姐妹，感化着我们所有的亲人。

直到今天，父亲已离开我们近二十年了，但他的那句话，那句在我童年以及青少年时期反复听过的话，还在我们亲人间流传，还被长辈们当成金玉良言教育自己的晚辈，还在我的耳边回响。

而我自己呢，大学毕业，尤其是工作以后，当我在做某一件事，受到挫折或遇到阻力，感到心灰意冷，筋疲力尽，甚至正准备放弃时，只要想起父亲那句话，那句"做啥事都要咬住不松懈，事就成"的话，我就会有勇气，有信心，因为它会成为我的力量，让我坚持下去。

母　语

　　母语是我们每个民族与生俱来的语言，也是我们每个人生命的一部分。

　　就像我的母语——彝语。

　　"哇……哇……哇"一个婴儿的啼哭震撼了一间古朴的泥屋，划破了这个古朴山寨的宁静。

　　这是我向这间泥屋，向这群来迎接我的助产婆，向这个寨子，向这个世界发出的第一声母语，证明我已来到了这个世界。

　　"瓦几瓦、惹扎，瓦几瓦、惹扎（很好，是个儿子）"一群头戴罗锅帽的助产婆，为我的到来十分高兴。

　　她们欣喜若狂地把我抱来抱去，这个看看，那个瞧瞧，我真成了她们手中的宝贝。

　　从那天，父母开始用"阿格啰，阿格啰（小乖乖）"的母语逗我、哄我。然后同样用母语慢慢逗我笑，逗我说话，教我坐起，教我在地上爬，教我蹒跚走路。

　　那时候，我一直在母语世界里成长。母语就像是空气，是阳光，一刻也未曾离开过我。

　　到了7岁那年，我开始进入小学读书，一直到初中高中，在家操母语，在学校，尽管我说汉语吞吞吐吐，可我还是操彝汉双语。

　　1983年8月，我以较好的高考成绩和一口与生俱来流利的母语表达能力，被当时已具有三十二年办学历史的西南民族学院彝语文专业所录取。那封录取通知书就像一只信鸽,从成都平原起飞,一直往南飞越崇山峻岭,飞越无数山川河流,飞抵西南边陲高原县城盐源县,又经辗转流传,来到我们山寨,最后转到我们家,转到我的手里,信的封面已皱皱巴巴,还留下了淡淡的污垢。

那天的场景令我记忆犹新,我把那位送信人领进屋,稍事休息。从他的手中接过信封,发自内心地向他表示感谢的同时,打开信封,看见了"录取通知书"五个黑体大字,看见了我的名字,看见了右下角西南民族学院的红色鲜章。一阵暖流伴随着沉甸甸的信,流经我的手,流遍我的全身,变成了内心的一阵阵亢奋与激动。

我终于梦寐以求。不言而喻,那段时日,无论是做家务,下地干活,还是上山放牧或拾柴,我做啥事都兴趣盎然,感到脚下生风,心情愉快至极,甚至随时随地都情不自禁地想哼起一首歌来。许多亲人看见我十分愉快高兴的样子,都在背地里说那几天我可能又长高了。

一石激起千层浪。喜讯在寨子里传开后,一时间,亲人们个个脸上洋溢喜悦,远比我自己还要高兴。他(她)们奔走相告,共享母语带来的这份喜悦。对于我们家,这好比是一棵苦苦经营了十多年的果树,终于结出了果子,有了收获。的确,父母以及兄弟姐妹十余年在我身上付出的所有艰辛,所有投资,终于有了回报,他(她)们怎么不高兴呢?邻里亲戚,凡是逢上我的人,都向我竖起拇指表示敬佩、祝贺。那几天,我感到身上堆满了亲人们羡慕的目光,赞扬的目光,我甚至感到极不自在,极不习惯。其中家境好、热情好客的亲戚,索性把我邀请到自己的家里,杀鸡宰猪宰羊款待,作为祝贺。老实说,我从未接受过如此热情和高规格的接待,这一切得益于我是彝族人,我会母语,考上了用母语教学的大学。

款待之余,也有亲戚表示疑问,读了大学,为什么不去学其他民族的语言文字,还要去学自己的语言文字?我一一作答,作为一个彝族晚辈,学自己的语言文字不是更好吗,叫我去学其他民族的语言文字,我才不太情愿呢。听了我的话,他们一个个心中的疑虑才逐渐释然了。

我的喜讯,促使那些自己的娃娃在读书,正处在观望和犹豫中的家长们,有了新的认识，做出了新的判断，坚定了他们继续支持供自己孩子读书的信心和决心，诱发了一些孩子读书的兴趣。

同时，我的喜讯也成了部分孩子的不幸，成了部分父母指责自己孩子的借口，变成了个别孩子的心理负担。特别是给那些学习较差，平时贪玩的孩子，招来了父母的斥责。因为他们的父母总是拿我来教育他们，甚至是责骂：你看看，同一个寨子，吃同样的饭食，人家乌萨考上大学，而你呢，一天只知吃，只知睡，做事不勤快，是孬种。当然，这是我很不情愿看到的事。

我终于实现了一直孜孜不倦追求的梦想，成为一名西南民院少数民族学生。那时候，自己虽然说得来彝话，但不懂古老的彝文字。到了西南民族学院，新生进校，老师首先教我们声韵母，从24个彝语声母和8个彝语韵母学起，然后是彝语语法，彝语写作。很快，我学会了819个规范彝文字，写了一些彝文散文。

第一次在《凉山文学》和《凉山日报》发表彝文散文，看见自己的文字变成铅字，墨香扑面，当时的兴奋程度至今也难以表达与形容。

从那时起，彝语、彝文自然成了我生活和工作的一部分，成了我的一把钥匙，一把打开彝族古老历史文化的金钥匙。我用它一步一步叩开那些传世典籍之门，我常把用彝文写就的《勒俄特依》《博潘特依》《玛牧特依》《阿依阿支》《彝族尔比尔吉》捧在手里，埋头其中，徜徉于先辈们博大精深的学识汪洋里。关于物种起源说和古老的宇宙观，先辈们的谆谆教诲和劝世良言，对旧时代彝族社会生产生活的生动描述和女人命运的抒写以及流传千古的至理名言，无不闪耀着先辈们智慧的光芒，我常常为祖先的智慧和彝族悠久的历史而感到荣耀。

毋庸讳言，到了我的孩子这一代，因为孩子，我也曾承受过来自母语的尴尬。

结束长长的期待，女儿大学毕业后，她说要报考西南民族大学彝汉翻译研究生专业。作为父母，听女儿这么说，想到女儿大学毕业后没有急于去找一份工作，而是着眼未来，我与妻子感到非常欣慰，尤其是我感到格外高兴。因为彝语是我的大学专业，家里还有人继续钻研这个专业，父业子承，没有断代，我当然更为高兴。我和孩子的母亲表示坚决支持女儿的努力与追求，支持她考研。

经过一番认真复习和充分准备，笔试后，终于传来了让人期待已久而又半信半疑的喜讯：女儿考研复试入围。

那天，一家人都高兴极了，女儿连日来一直保持平静的脸蛋终于露出了一丝笑容，就连不爱表露心中喜怒哀乐的爱人，脸上也洋溢出喜悦。

其实，高兴的岂止是我们父母，在我们那个拥有上百年历史的山寨，在我们老家，不说研究生，就是本科生、专科生也还是屈指可数，出落一个研究生，那是鹤立鸡群。由此，那几天，所有的亲戚朋友闻讯后，打电话、发短信、发微信，铺天盖地，纷纷表示高兴和祝贺！

那夜，我与女儿怀着亲人美好的祝愿和十分喜悦的心情，搭上北去的列车。列车在往北的茫茫群山里磨蹭了一夜，到达成都北站，已是翌日的大白天。

在母校民大附近，我俩寻到一个小饭馆，用过早餐，女儿去复试，我在一家茶馆里饮茶，静候女儿的佳音。当时，我的内心突然失去往日的踏实和稳重，感到忐忑不安。就短短的两个小时啊，我却觉得时间是在一分一秒地爬，十分漫长！

我在期待，我在焦急……

两个小时后，女儿终于打来电话，她从手机的那头上说，复试已结束，可能没有希望了。我问她为什么，她说，七八个彝族专家齐刷刷地坐在那里，十分严肃认真，用彝语问了她许多问题，她只答上了几个简单通俗的小问题，多半的问题她连听都听不懂。我问她，专家还说了些什么，她说，专家叫她回去等通知。

听女儿这么一说，我大失所望，内心十分生气并责怪起考官们。都是彝族，何必这么严格呢，网开一面又何妨？可想到我的学长阿库乌雾也是考官之一，他是著名彝汉双语诗人、西南民族大学彝学院院长，我想他有定夺的权力，我俩有交情。由此我心存侥幸，还在心里寄予了一点希望。

第二天，我们父女俩收拾行李，闷闷不乐地回到西昌。

希望而去,失望而归。

我俩刚到西昌家中,我的学长乌雾就发来短信:"乌萨,女儿在复试时,彝语表达能力表现不好,没有成功。"看完学长这则长翅膀飞来的短信,我内心里的最后一丝希望已彻底破灭了,几乎瘫倒在沙发上,觉得有气无力。

我本不急于把这则让人极其失望的消息告诉女儿,可正好坐在我旁边沙发上的女儿偏过头来,斜视了短信的内容后,表情立马垮了下来,白脸变成红脸,起身走进自己的屋子,"哐当"一声把门关上,把自己反锁在屋里。

希望破灭,此前所有的愉悦心情被彻底一扫而光,一家人陷入了失望与尴尬。

女儿彝语面试未能过关和考研落榜,究其原因,一方面是女儿从小生长在城里,许多时候失去了说母语用母语的机会,失去了生长母语的土壤;另一方面是我平时没有好好教自己的女儿说彝语,一家人的小小生活空间中,彼此的交流多半用汉语,忽略了彝语,才导致了眼下让人绝望的结局,也让所有亲戚失望。想到这些,我觉得十分愧疚与自责,感到无脸面对所有的亲戚朋友,仿佛落榜的是自己。

这也引发了我的思考:任何事物都有自己的语言,不说动物,就是植物也一样。风有风的语言,树有树的语言,水有水的语言。

人类的语言是人类与生俱来的本质属性、特点和尊严,是彼此交流的工具,是认知的钥匙,是文明的载体。世界各民族,除了肤色和血缘以外,同样十分重要的一项民族界定与民族识别依据,那就是各民族自己的语言。

我们彝族有近900万人口,散居在川、滇、黔、桂四省区。单就凉山彝族,就有260万人口,分布在脚下这片六万多平方公里的神奇土地上。我们体面、从容地操着什扎、阿都、依诺和所地四种方言,我们说自己的语言,感到自然、流利,就像是在空气中自由地呼吸,在晨光中自由地伸展。

操着母语,表明我们有尊严地活在世上。

想到这些,我失望、尴尬和羞愧的内心反而得到了一丝慰藉,对几位考官的气愤态度有所改变,没有继续责怪几位负责面试的彝族教授,反而理解、包容和支持他们的做法。渐渐,我从内心深处敬佩他们的认真、严格、秉正和铁面无私。原来,他们是在以这种方式尊重一个民族,珍爱一个民族的语言,他们是在维护和捍卫一个民族的文化与尊严。

我把女儿叫到身边坐下,看见她眼镜片背后的双眼已经红肿,十分明显,她刚刚是躲在房间里悄悄哭过一场。

我同情女儿,怜悯她那已被伤害的自尊心。但同时我又觉得这是一件变害为利的事,觉得女儿的心伤得有道理,伤得及时。这件事有可能促使她今后去学习一些彝语彝话,不然,长此下去,她将离自己的母语越走越远,将会逐渐疏远自己的亲人和民族。倘若我们这个民族,我们许多家庭的孩子都这样,那么对我们这个民族不也是一种巨大的损失吗!

我对女儿说,从今天起,你妈我俩开始好好教你说彝语,今后不管在什么地方,从事什么工作,尤其在亲戚群里,你要注意多学多说自己的母语。女儿点头了,她说,她今后一定努力,好好学自己的母语。

我俩听后十分高兴。

自从那天,我们在家中说话,甚至是打电话,多半用母语。即使女儿说起彝语来有些吃力,有些话语间不得不夹杂几句汉语,但她还是坚持。女儿正为学会一口生动流利的彝语而努力,这同样也是我们父母和亲人对她的期待!

话说一只鸡

有时候,我暗自庆幸从小生长在山村,在山村长大,亲身经历了山村生活。

倘若没有这些经历,我怎么会对一只鸡感兴趣,并且喋喋不休地去解读它呢。

追根溯源,在远古,也许鸡本来就属于天空的飞鸟,高贵于地上爬行的动物,只是后来不知触犯了上天的什么条令,遭遇了什么挫折,而飞落大地,降尊纡贵,变成家禽。

即使这样,眼下,在我们山村,一家人所喂养的一大群包括牛羊的家畜家禽中,一只鸡的体形虽然比起牛羊马和猪狗小得多,但在人们心目中,一只鸡远比高大的家畜重要得多。

从一颗蛋,孵化出绒球般的雏鸡,再到雏鸡成长为小鸡。每天早晚,主人往门前撒几把玉米、燕麦和荞麦之类的粮食,嘴里"嘟嘟嘟嘟……"地呼唤鸡吃食。公鸡母鸡在一起,母鸡可继续下蛋,孵化雏鸡;公鸡报晓,是我们山里每户人家永恒的"闹钟"。白天看太阳,早晚听鸡鸣。养一只美丽的雄鸡,相当于全家人每人都戴上了一只"表"。有了这只"表",每天早中晚的时间全在每个人的耳朵里。

家里要是来了客,若是客少,抑或不是贵客,办不起牛羊席,甚至宰不起猪,主人只好从屋角,从火塘下侧,或屋前的鸡群里,随手抓来一只鸡,处理干净后,砍成坨,煮成一锅,顿时满屋飘香,汤鲜肉美,算是一席小宴。

这样的款待，主人做起来简便，客人心里无压力。何况，我们彝家历来有传统，本家族人来了烧公鸡，彝族重视姻亲家族，本家族的人不算客，可随便一些。

就这样，在我们山里彝寨，无数的鸡，以自己小小的生命，不知多少次，不知在多少个场合，默默挽救了不知多少只本该倒地却还活着、还被蒙在鼓里的牛羊和猪，替代了它们，让那些牛羊和猪一次次幸免于难，延长了生命。

这样的鸡，让人心生怜悯的同时，也不得不让人敬佩。相反，一只鸡，也是一剂毒药，可轻轻夺走一个人的性命，由此让人畏惧。

据说，要是有人得罪了你，惹怒了你，对你做了伤天害理的事，你已到了忍无可忍的地步。你要是想还击，那么你可以抓起一只鸡，在白天，朝向那人居住的地方，叫着那人的姓名，念上一些咒语，用刀背猛击鸡头，直至把鸡击死，这叫"向人打鸡"。其结果，说是那人不出几天，先是出现头昏眼花、神魂颠倒，走路跌跌撞撞的情况，随即会死于非命，下场就像这只鸡。当然，这只是传说而已。

而我亲眼所见的是，一只鸡，只要到了我们彝族毕摩（经师）的手里，就会变得十分神奇。

每年深秋，草木枯黄，地里的庄稼刚刚收进屋，在一个吉日之夜，凡是在外面做客、跑生意、打工的，都会纷纷赶回家，家家户户把事先预约好的毕摩请到家里，举行一种叫"瓦西"（即用鸡念经免灾祈福）的仪式。

进入黄昏，在一家人的期盼中，一生为了传承文化，驱邪免灾祈福，祈求风调雨顺，保一方平安的毕摩，披着黑披毡，背上挎着斗笠，手持一把枯草、一把青枝，揣上几颗从清水河边捡来的、洁净的小祭石，像一片祥云来到家里。

"把祭石拿去烧，把祭石拿去烧。"时间向来十分宝贵的毕摩刚进屋，在火塘对面朝门而坐后，总是很快吩咐主人家配合其做事，主人马上接过他捡来的石头拿去烧。

"抱鸡来，抱鸡来。"主人家很快把鸡抱给他。这只即将献出生命的鸡，从主人手里被递到毕摩手里，留下了一长串惊叫声。但落入毕摩手里后，一直在惊叫、挣扎的鸡,仿佛着了魔,不再挣扎,尖叫声神秘消失了,突然变得傻呆呆的,仿佛是很快被驯服了,或是通了灵性。

从毕摩进屋的那一刻,一家人会感到福星高照。因为毕摩把希望、吉祥和一种踏实的心理带进了这个家,一家人会出现美滋滋的心情,从而一切言听计从。

随即进行"尔擦苏",一家人被毕摩叫到面前,面朝门口坐成一簇,他叫那个专门请来的帮手,舀来一瓢清水,把烧熟的祭石放入清水里,趁清水咝咝作响,咕噜咕噜地暴涨,直冒白雾时,用它围绕一家人走一圈,然后倒在门外,毕摩啐上口水,骂上一句"呸,波(滚蛋)"之类的话,意味着整个屋里的所有污秽已随一瓢清水祭石而去,留下了一个清清洁洁的家。

紧接着,在毕摩的吩咐下,特意请来的帮手从毕摩手中接过鸡,右手紧紧握住鸡脚,在一家人的头上转圈。右七圈,左九圈,也就是顺时针七圈,逆时针九圈,一共转上十六圈,这叫"转头",凡危及一家人性命攸关的所有隐患与不利的东西,都被转进了这只鸡的生命里,且将会随这只鸡的生命而去。

转完,一家人撤回原位,开始静静聆听毕摩念经。

在我们彝族卷帙浩繁的史籍中,内容丰富、精彩动人、易记易诵的,首推毕摩的经书。我们的毕摩左手逮住鸡,右手翻经书,嘴里不停地吟诵经文。那扣人心弦的旋律,优美动人的唱词,很快让屋里的人进入古老神秘的秘境,哀伤欲泪。

这样的场合,善良的人,往往会禁不住流下忧伤的泪水。这也表明念经的毕摩已把经文念到炉火纯青、出神入化的境界,这样的毕摩在我们彝区还是不少的。

而整个过程,那只平时一碰就惊叫挣扎的鸡,在毕摩手里,一直保持纹丝不动,仿佛是一只停留在枝头上的鸟,只是偶尔有东张西望的神态,真是让人不敢相信啊!

最后,毕摩用刀背猛击鸡头,将其击杀。

它背负着一家人所有的苦难,从人间升入天堂前,选用这种悲壮的方式,告别人间，用自己的生命给人间，给一直侍候它的主人家换下了平安与幸福。

剩下的鸡尸，用来预测一家人的未来，这就是我们彝族神奇的"三看鸡身骨"。

首先看鸡头。不要以为它只是一颗小小的鸡头。就是在这颗看似简单，只会十分机械地跟随脖颈一伸一缩、一起一落、一张一屈，却没有自己主见的鸡头上，生长着重要的眼耳鼻口舌。白天，家家户户的人都下地干活，一个个山寨，暂被鸡主宰，成了鸡的世界时，公鸡母鸡们认真愉快、满怀成就地引领着一群群小鸡披着美丽阳光，头顶木栉般的鸡冠，在屋前屋后、垃圾堆、刺笼里，专心致志刨渣觅食。间或，它们也不断抬起头来，歪着脖子，偏起头，注视着天空和四周高耸入云的山头，时时提防着把自己视为囊中之物的鹰们，担心鹰们像一片片巨大的黑云，突然席卷而来，把自己叼上天空，叼去天边。这时候，是鸡头牢牢捍卫着自己的生命，捍卫着一个鸡的家园！

一只鸡的鸡头也好比是大地，是屋基。

我们历来向往美好山水，总想寻找一处依山依水依树的地方栖息，喜欢生活在充满诗意的环境里。首要的，就是要选风水、看屋基。屋基好与坏，干不干净，就是看鸡头。把鸡头举到眼前，透过两边眼窝看头盖骨，倘若颅盖骨质不透亮，黑乎乎的、有阴影，颅盖面上凹凸不平，有黑点，有瑕疵，那是属于坏鸡头。

要是遇上这么一个坏鸡头，一家人的脸会猝然布满阴云，因为说明眼下的屋基不好，意味着这里曾经发生过凶事，至少也是接纳过脏东西，这样的屋基显然不干净，有晦气。住在不干净的屋基上，一家人会不吉利。

相反，要是鸡的颅盖骨质透亮，表面光滑洁白，没有发现瑕疵。那是属于好鸡头。好鸡头意味着居住的屋基干净吉利，是好屋基，一家人不会出现发烧感冒，屋前屋后猪鸡成群，每年的收成也不会让人失望，家境一年会比一年好。遇上这样一个好鸡头，一家人百般高兴，把屋基视为金银般珍贵，永远不会离开它，遇到再大的困难也会坚持住下去。

其次看鸡舌。一根小小的鸡舌，它就是个预言者。人的口头表达能力，演讲水平，这叫口才。人的口才好与坏，取决于自身的文化底蕴和文化修养，取决于口舌是否利索，关键是舌。而鸡舌呢，除了会发出截然不同的鸣叫外，还能预测出主人客人的吉凶祸福。

如果柔嫩的鸡舌头不侧不斜，是笔直的，看鸡舌的人就说，哦，你们看，一根再好不过的鸡舌头。这样的鸡舌大家争着抢来看，在一家人手里飞来飞去。这样的鸡舌对主人客人都是好预兆，预示吉利，事事会顺心。

要是鸡舌老是往外弯，怎么理也理不直，这叫外患，也叫外急。不幸遇上这样的一根鸡舌头，说明对客人以及亲戚不吉利，这让屋里心情本是好好的客人会顿时变糟糕，神情恍惚，心不在焉。要是鸡舌老是往内弯，甚至往内卷，这叫内忧，也叫内急。要是遇上这样一根往内卷曲的鸡舌头，热情好客、洋溢喜悦的一家人会突然变得忧伤。因为这样的鸡舌说明主人不吉利，三天内会遭遇不幸的事情。

鸡舌无论往外弯或往内弯，手执这样的鸡舌头，主人都会感到手十分沉重，感到忧伤，于是会啐上一口唾沫，趁机赶快把它扔向门外，装成若无其事的样子，视而不见，更是不能张扬。

此前，鸡属于天空飞鸟的时候，整天在空中飞翔，靠的是不知疲惫的双翅。自从来到陆地，变成家禽，喜欢在地面上奔跑后，不管是夜里蹲睡，还是白天在寨子里到处觅食，我们的鸡，同样靠的是不知疲惫的一双腿。

一说鸡大腿，大家都知道肉多、吃起来特香，拿到手上沉甸甸的。这样的鸡腿要么给长辈，要么给小孩，永远轮不到年轻人。吃净肉，剩下的一对鸡腿骨，用手反复、耐心地刮尽骨面上的肉，刮成白骨，把两块鸡腿骨并拢，首尾对齐，握紧两端，认真仔细地审视，要是鸡腿骨上什么也没有，见不到一个小黑点，洁白无瑕，说明主人家不会有财运；倘若在相同、对称的位置上发现有两个神奇的黑点，那就说明这一家人有财运，必定招财进宝。

老人们常说，黑点越大，黑点越清晰，所得的财富会越多，因此每次宰一只鸡，谁又不希望出现一对大黑点呢？有幸能遇上这样一对好鸡腿，仿佛钱就摆放在眼前，伸手可得，一家人个个满脸笑容，高高兴兴，满屋洋溢着喜悦。

的确，有时候，有些鸡腿，你满怀希望地反复去刮，即使把手指刮出血来，也怎么都刮不出一个小黑点，更不用说是对称的一对了；有的鸡腿你只需轻轻一刮，就会刮出神奇的一对大黑点，那就是命运的安排啊！

无论是鸡头、鸡舌，还是鸡腿骨，对于一家人，它们都像一只晴雨表，系于一家人的心情好与坏，要么激励人，给人信心，让人高兴；要么让人失望，给人以沉重打击。它们的好坏，牵动着一家人的心，关乎一家人的喜怒哀乐，关乎一家人对未来的生活是否充满信心。

神灵没有动怒

小时候，生活在喜欢讲鬼神故事的亲戚群里，记得凡是遇上说不清道不明、无法解释的事物，亲戚们总会借助神呀鬼呀这些东西来说明。我还常常听老人们说起，神灵被冒犯后要动怒——天神被冒犯：天降暴雨，下冰雹，晴天霹雳；地神被冒犯：地震，火山爆发，山体滑坡，而且这些事似乎是他们亲眼所见，还说得活灵活现。

后来我又听说，巫师的神灵被冒犯了，同样也会动怒，那后果也是不堪设想的。比如毕摩（经师）念经，巫师做巫术，如果拿不干不净的酒敬神灵，就是冒犯神灵。

可万万没有想到，有一天这样的事会落到我的头上，也没有想到这一天会来得那么早，让我承受了如此沉重的压力。

那天早饭后，我拿上小书包，正在等候同伴，准备去乡小学读书。

临行前，父亲不太情愿地递给我家里的那个两斤装的绿色酒壶，又给了我两斤酒的钱，叫我下午放学后，打两斤酒回来。

我问打酒干啥，他说，晚上做驱鬼巫术，要用祭酒。

父亲已经患病好长时间了，但他一直不太相信苏尼（巫师）的话，他宁可抓蛙捕蛇回来吃，找一些土药来服，也不肯做一次巫术。除此之外，还三天两头去乡医院买西药中药回来服，他已经以药当饭一段时间了，只是他的病情迟迟不见好。

今天，他怎么会做出这个令人意外的决定，要做一次巫术呢？太阳自西边出来了？我想，也许是他已病入膏肓。

人急烧香，狗急跳墙，病急乱投医。身上的病痛难熬，父亲无计可施，只好出此下策，做一次巫术。

天底下任何一个正常、有担当的父亲都是一家人的主心骨，是这个家的希望和精神支柱。我们的父亲更是不例外。自从父亲患病后，一层忧伤沉沉笼罩着我们全家。每到夜晚，一家人常常围着火塘沉默不语，父亲的病，同时也成了我们一家人的心病，母亲为此背着父亲悄悄流过几次泪，我也往往会跟着流泪。

我理解父亲，同情父亲，支持父亲。

我从父亲的手上接过了那把皱巴巴却很宝贵的钱和那只半旧的酒壶，挎上酒壶去上学了。

走读的路程有好几公里，一路上，我觉得责任和使命重大，随时提醒自己，不能掉以轻心，所以不停地摸衣兜里的钱，不停地摸挎在肩上的酒壶，生怕它们不慎被我遗失。

那天在教室里，我的精力一直不太集中，因为时时刻刻都在注意着身上的酒钱，一整天，老师讲的内容，我听得云里雾里。

下午放学后，按父亲早晨的吩咐，我直奔乡上的营业部，打了两斤酒挎在肩上，返回家中。

回想起那些日子，生活十分艰难，吃的穿的用的，什么都贵，酒更是如此。

在返回的路上，西山的太阳光还很热烈，可沿路吹着干冷的风，我们个个感到十分饥渴。

我们走着走着，高个子堂兄呷呷突然对我说："乌萨，你把酒拿给我尝一尝，我看这酒好不好。"我说："乡营业部买来的，不会有问题吧。"他说："有没有问题，尝了才知道。"我便把酒壶递给他，他揭开酒壶盖，呷了一口，咂嘴，说："好喝，是好酒。"接着，这个来尝一口，那个也来尝一口，一路的十几个孩子都想来尝，一发而不可收。酒香一路无可挽回地飘荡。两斤酒，怎么够他们尝呢，酒壶一直在这群孩子中打转。见此，我说："行了，行了，

神灵没有动怒

家父病了,今晚我们家做驱鬼巫术,这是祭酒,不能再喝了。"

我几乎是从他们的手中把酒壶掠过来的,拿到耳边摇一摇,叮咚叮咚地响,从酒的响声里,我明显感觉到酒少了许多。两斤酒,好像只剩了一半多。这下可坏事了,我被吓了一跳,怎么办?我正焦急时,还是高个子堂兄机灵。见我着急担心和害怕的样子,他从我手中把酒壶拿去,把我们中年纪最小的那个学生叫到一边,他扭开壶盖,竟叫那个学生往壶里尿尿。他把酒壶递给我,我再把酒壶拿到耳边摇摇,不响了,像是满壶,我紧张的心情缓解了一些。

不管怎么说,我觉得已经是闯祸了。

祭酒,是用来敬先灵,是巫师用来呼唤神灵保佑的,必须是净酒、美酒。再说,是不是净酒,做驱鬼巫术的苏尼也能辨识,抿一口也就知道了。拿脏酒做祭酒,是大逆不道,冒犯和玷污巫师的神灵,神灵要动怒,苏尼要受罚,病人的病不但好不了,反而会加重。我越想越意识到事情的严重性。

两斤酒,现在一半是尿,剩下的一半才是酒。同路的十几个孩子倒是享受了,后果却只落在我一人身上。我觉得有些不服气。我又在责怪自己,那是用来为父亲做巫术的酒啊!我怎么能这样糊涂呢?况且掺的不是水,是尿,是不洁净的东西,是对神灵最严重的玷污和亵渎,我越想越觉得糟透了。一路上,良心一直受到谴责,我感到忐忑不安。这事像一块巨石,沉沉压在了我的心上。

要是换成别人的父亲,也许没有那么严厉,没有那么可怕,可这是我的父亲。我的父亲是个十分严厉的人,平时,不管做什么事,容不得我们孩子出半点差错。想到掺假的事情一旦败露后,他一贯劈头盖脸的责骂,噼里啪啦的巴掌,想到那根抽在身上钻心疼痛的枝条,我就感到深深后悔和后怕。

那天下午,做贼心虚的我一路恍恍惚惚,到了寨子,进了家。

我惧怕那个夜晚的来临,可那个夜晚偏偏如期而至。那晚的巫师正是我的二叔,他也忧心于自己亲弟弟的病情,便在黄昏的庇护下,悄悄来到了我们家。

他刚刚落座火塘对面,便兴致勃勃地说:"斟酒,斟酒,敬一杯祖灵,倒一杯给我。"他似乎还要去忙其他的事情。父亲斟完酒，除了给祖灵敬上，给二叔倒上，自己也斟上了一杯。二叔先抿了一小口，一瞬间，我更加心虚、紧张，不敢正视，只好埋下了头。结果令我感到十分惊讶，万万没有想到，二叔不但没有说这酒脏，反而咂了一下嘴后，说是好酒，然后慢慢把酒杯放在眼前的火塘边，开始仪式。父亲尝了一口后，也跟着说："这酒好。"我虽然在怀疑他俩的话，可压在我心头的巨石却落地了，终于悄悄松了一口长气，庆幸逃脱了父亲的打骂，躲过了一劫。

父亲和二叔都未察觉到掺假的酒，我就不再紧张，不再担心，感到踏实了，于是伪装得也更加真实了，就当没有这回事。

二叔拿起巨大的羊皮鼓，一边咚咚咚地敲打，一边在念巫语。深沉浑厚、振聋发聩的鼓声从我们家发出，萦绕整个山寨，让山寨的夜晚显得更加宁静。

我默默坐在火塘边，轰鸣般的鼓声扰乱不了我的心绪，今天的深刻教训，刻骨铭心。我在内心里一遍又一遍地发誓，以后再也不能干出这样的丑事了！

但我的担惊受怕还没有得到彻底消除，我还在担心神灵会不会动怒，父亲的病会不会加重。

我恍恍惚惚度过了几天。

几天过后，好在二叔安然无恙，而父亲的病情呢，不但没有加重，反而神奇地日见好转，人有了精神，不再整夜整日蜷缩在家里，也开始下地干活了。

至此，我所有的压抑、忧虑、担心和惧怕都落地了，心情也恢复了从前的快乐。

至于父亲的病有所好转，应该是因为他不停服药，起到了作用。

巫师的神灵并没有动怒，也没有惩罚二叔，真是不幸中的万幸啊！这是为什么呢？我在想，要么是世间压根儿就没有神灵，要么是神灵也有良心，也能会体谅处在艰难困苦中的穷人们，因陋就简，慈悲为怀；要么是神灵宽容了我的幼稚无知。

经师魂尚在

也许是因为千年前经师浑厚生动、摄人心魂的祈福诵经还在冥冥中召唤；也许是因为长久忍受城市的喧嚣，对山水自然心驰神往，凉山南部德昌县语委的四冈子拉同志热情地发来短信，甚至近于固执地邀请我们州语委的几个朋友，去看看县城对面老鹰沟的一块奇石。

去看一块奇石？这并没有引起我太大的兴趣。要说石头，从小到大，几十年的游历，在故乡或异地他乡、在山野上、在干枯的河床里、在影视作品和画册里、在公园里，不同大小、形状各异，各具色彩的鹅卵石、大理石、花岗石、石英石、鸡血石……我见过的石头不计其数。我想，这有什么大惊小怪的，不外乎就是一块石头嘛。

但是，要说是走进山谷，走进向往已久的山水间，畅然释怀，呼吸新鲜空气，游山玩水，尽情享受大自然的美妙，这确实激发了我的热情。

那天一早，我们乘车往南。出门时，天阴着面孔，南方的天空有几块浓重的乌云。

到了德昌麻栗镇，早在那里等候的子拉把我们领进左边的一条溪谷，这就是他短信里提到的老鹰沟。公路从右边依溪而上，此时，云开雾散，太阳露出了灿烂，远近的青山一派靓丽。

溪谷两岸是葱郁的草木，谷底里传来哗啦啦的溪流声。透过车窗，开阔的绿色山坡上牛羊闪烁。山脚的土地上，土豆正绽放白色的花朵，灿烂成片。浓密的玉米，成片成林。一片片矮而敦实的烤烟，叶子厚实低垂。一间间农舍，在绿树掩映下，别致而恬静。一幅美不胜收的乡村画卷伴随久违的炊烟迎面而来，让人轻松愉快。

车驶进溪谷的上游，两岸越发深窄。右边的车窗一路"唰唰唰"地摩擦垂下的枝叶，视线几乎被挤压在车内，与闭上车窗没有什么两样，我全凭想象观赏沿路稍纵即逝的美景。

子拉不厌其烦地解释沿路风物的由来。我静静聆听。"老鹰沟"溪谷的尽头有一块鹰形巨石，宛如山鹰收住平时展翅飞翔的翅膀，静静地坐在源头，地名由此而来。

传说，就在这块鹰形巨石上，一千多年前，云游四方，祈求风调雨顺的彝族著名经师——毕阿史拉则曾路经此地，在众请之下，索性坐在这里作了一场法事。

他头戴法帽，身披披风，背挎法扇，稳如磐石，手翻经书，诵经祈福，声音低沉浑厚，久久萦绕四周山水。他的经文，他的美名，穿越一千多年厚重而漫长的历史烟云，至今还被所有毕摩与普通人家传诵。在眼前南部凉山这条普通的山沟里，同样有他的足迹与经久不衰的传说。

正想得入神，一个猝不及防的刹车，神思从遥远被重重抖进了现实。我们鱼贯而出，站在一片稍微开阔的草坪上，周围弥漫浓浓的草木芳香，溪谷的阵阵清凉扑面而来。

四周山清水秀，一切是那么新鲜，令人心情十分愉悦。有人从包里迅速掏出相机，开始拍摄；有人站在溪岸，欣赏溪谷和两岸神奇美景，赞不绝口；而我，坐在其中一个凉亭下，也开始默默地观赏起四周的美景。

溪谷两边的山脚有些开阔，空间往后退去，像是两只手掌根并拢，掌心向外撑开，可越往上越陡，到了岸腰，山岩突然陡峭，且向内倾斜，仿佛是两只手掌的指头又相向弯曲，形成一道拱形，仿佛是神来之笔。

浓密的草木从溪底越往上铺去，呈带状分布，谷底是茂密的野草，往上，是灌木和乔木，再往上，是松林和青冈林。

对面的林中有一片野草茂密的空地。不一会儿，趁我们一不留神，一群山羊梦幻般出现在那片林中空地上。一只只白色山羊，只露出一条条白色的背脊，在深深的绿草里向前蠕动。

眼前的河床里堆满了大小不同、形状各异的红色鹅卵石。从上游而来的溪流，溪水无比清亮。我们一会儿屏住呼吸，放慢脚步，缓缓而行；一会儿像是心有急事，步履匆匆，不断撞击鹅卵石，形成一朵朵白色水花，一路弹奏哗啦啦的音乐，奔流而下。

我想，满沟的青山绿水，山下恬适的寨落，应该都是得益于经师的念经祈福。因为经师走过的地方，只会留下吉祥、六畜兴旺与茂盛的庄稼。

眼前的山清水秀和醉人的山野气息没有影响我心中对奇石的好奇。我向子拉问了几次，奇石在哪里，他一直说，先吃午饭，待会儿带我们去看。

逐渐，奇石已在我的心中变成了一位新娘。在我们古朴的寨子里，新婚之夜，新娘迎进新房后，迟迟不肯揭掉蒙头的盖巾，也就迟迟看不到新娘美丽的脸蛋。

那是因为寨子的习俗，新郎家的婚宴开始前，新娘不准揭开盖巾。而今天，子拉迟迟不肯带我们去看奇石，他的用意何在？难道根本没有奇石，他是在故意拖延？或是在诱发我们内心强烈的观赏欲望，好让奇石披上更加神秘的色彩？

我们只好由他，一直默默期待。

八月的雨，比有脚的还要快，一场阵雨来临在即，子拉不得不动身带我们去看奇石。

原来，奇石近在咫尺，就在我们身边的溪谷里，几步之遥。来到一块巨大而淡红的鹅卵石旁，我们五六个人被好奇推至稍稍平缓的石面上，围成圈，这时，我们全被一个天然的图案吸引了。

石上的线条、纹路与轮廓十分清晰：一个人端坐石上，头戴法帽，身披披风，背挎法扇，手握法铃，正在诵经作法，就像有人刻意雕饰上去，这与刚刚子拉描述中，经师毕阿史拉则在上游诵经作法的坐姿一模一样。

无法阻止的阵雨倾盆而下，我们欣然接受雨水的洗礼，从不同的角度观赏图案，一层一层的水波，洗净了石面，让图案的纹路更加清晰，让我们更加清楚地看到了一段曾是烟雨朦胧的历史画面。

时间紧迫，觉得只是观赏不够尽兴，大家纷纷掏出手机，顾不上被雨水淋湿，不停地抓拍。

　　雨，越下越大，浓雾弥漫，仿佛是执意夺走眼下我们的浓浓兴致。我们只好在一片唏嘘中回到车里，只能把美好的印象和淡淡的遗憾永远留在经师念经祈福庇佑下的老鹰沟，留在自己的心间。

古　戈

连续几天几夜不眠的吊丧终于结束了,逝者的亲人们依然不觉一丝疲惫,精神抖擞,热情洋溢。

出殡的早晨,天光尚未明亮,随着一阵阵挽歌响起,所有前来的人们,跟随前面四个抬柩的人,排成黑色的长流,一路哭喊着撕心裂肺的丧歌,缓缓涌向事先选择好的火葬地。

听见动人的挽歌,看见黑色的长流从山岗上走过,附近的山寨都醒了。

这时候,还没有去赶丧的人家,父母会轻轻唤醒睡梦中的孩子:"乖乖,快起来,我们去'古戈'(赶葬礼)。"孩子揉着惺忪的睡眼起来。先起的人,挨家挨户敲敲邻居家的门,生怕屋里的人睡过头,错失古戈的良机。

一扇扇木门被善良的人次第打开。有背着牵着小孩的,有搀扶着老人的,有年轻人三三两两结伴而来的,大家纷纷从各自家中出来,从几个邻近的寨子里出来,一帮帮,一群群,穿过一个个寨子,走过一道道沟坎,翻过山岗,迎着清晨山野纯朴美妙的清凉气息而来。这些前来古戈的人,最后在火葬地,聚集成黑压压一片,云雨一样壮观。

这是因为山里的人们一直觉得生死至上,亲戚为重,向自己死去的亲人做最后的告别,也是为了一个久远的传说和自己的健康长寿而来。

在这个看似随意走动、无序的人群里,人们的坐法并不是杂乱无章的,他们被一道道无形的长链维系着:要么长辈们坐在一处,年轻人坐一处;要么是死者家属坐一处,姻亲家族坐一处。

这些人，隔山隔水，两个寨子能听见彼此的呼唤，见面却需要一天的路程，他们会抓住眼下难逢而短暂的谋面之机闲聊。他们聊健康、庄稼、聊家产，但也聊不了多久。

这时，主祭人往往会介绍，哪些家族来了，来了多少人，可以告慰死者的在天之灵了。他还毫不隐瞒地宣告，哪些家族没有来，哪些人没有来。还有该来没有来的人？难道他没有亲戚？难道他将来不会死？在场的亲戚都会这么想。

"大家少安毋躁，马上分发祭祀牛肉和荞粑了。"主祭人这么一宣布，整个闹闹嚷嚷的场面骤然安静下来。男青年两三人一组，很快把一路冒着热气的祭祀牛肉和荞粑，一背篼一背篼地陆续抬到人群边，准备分发。

为了避免漏发少发，主祭人手持一根木条，走在前面指点，男青年们抬着牛肉和荞粑跟在后面，从下到上，从外到里，按照来人的路途由远至近，在人群中来回一层一层地分发，一人一份，即一块荞粑和两三坨肉。好些人坐成一簇的，分发的人来不及细数，只好用双手撮。有人拿出随身带着的食品袋去接，有人用折上的毡角去接。由于不慎，偶尔掉下一两块肉和荞粑，落在草地上，他们会轻轻捡起，拿到嘴前轻轻一吹，用手轻轻拍掉肉上的草屑，十分珍贵地放回原处。

一家人围坐的，父母先给孩子；混坐的，先给老少；年轻人坐成一堆的，先给姑娘们。

这样的场合，坐在其中，抬头环视四周，人们一手拿着香喷喷的牛肉，一手拿着黄灿灿的苦荞粑，一口牛肉一口荞粑，一个个吃得津津有味。其间，总是有人说："葬礼上的牛肉和荞粑，跟平时的就是不一样，特别香。"

这样的牛肉怎会不香呢！我们山里的每一条公牛，其成长的经历大致都一样。母牛产子，小牛摇摇晃晃地跟着母牛，贪婪地吮吸乳汁，慢慢学会啃食嫩草。自幼敞放，有了足够的运动量，一直生长在阳光灿烂，山清水秀，野草十分丰美的山野间。到了三四岁，长成一条成熟的公牛，已换了好几拨放牧的人，耗去了一年又一年的时间。这样的牛，其肉质鲜美，肉丝细长，肉感脆香，是我们山里人不可多得的美食。

而被我们比作伟大母亲一样崇高，与母亲齐名的荞麦呢，起源于古代的洛尼山，同样也是我们彝人最珍贵的食物。

在山里，我自幼便见证着一块块古老的荒地被勤劳的故乡人开垦，用锄头一锄一锄地挖，或犁耕成一片红土。即使是十分贫瘠的土地，在春天里撒下荞麦种子，到了初夏，也会长成绿油油的一大片，开出圣洁的花朵，形成迷人的花海。在秋天里结出沉甸甸的麦穗，成熟出一片金黄，收割后，在旁边平整出一块野场地打荞麦，扬场，一袋一袋的荞麦被收进家里。

从春到秋，就像侍候孩子一样侍弄出来的高山荞麦，汇聚了耕耘者勤劳的汗水，汇聚了日月精华，汇聚了山野美妙的气息和山地泥土的芳香。经过推磨精筛出来的荞面，合水揉成粑块，煮熟即可食用。掰一块放在嘴里品尝，淡淡的苦涩中蕴含无尽的甜美，从科学的角度讲，荞麦含有丰富的膳食纤维，对人类的健康意义重大。

不言而喻，牛肉和荞粑，本就属于十分精美的饭食。

然而，作为从小生长在山里，在牛羊和荞麦的世界里长大的人，谁没有食用过如此美味的牛肉和荞粑，这有什么大惊小怪?! 我要说的是，因为葬礼上的牛肉和荞粑除了本身味道好外，据传，还能让食用者吉祥与长寿。

至今，有一个由来已久的传说还在故土上流行：魔鬼的肚子无时不饥饿，魔鬼的嘴特别馋。平时我们所有的饭菜只要一上席，都是被魔鬼抢先尝了鲜。换言之，人们平时所吃的饭菜事先都是被魔鬼尝过，不干净，唯有在葬礼的这一天，群魔一窝蜂扑向油烟弥漫的火堆，扑向死者的尸首，恰恰忘了身后的牛肉和荞粑，把牛肉和荞粑干净、完好无损地留给了人们。食用这种牛肉和荞粑，人们必定要健康长寿。

也许是传说带来的心理作用，毋庸置疑的是，每次在我们彝人的葬礼上，只要分发牛肉和荞粑，偌大一个场面，总是显得异常祥和，十分宁静，几乎没有一个随意走动的人。即使在家里还在争吃争喝，一天只会哭哭啼啼、闹闹嚷嚷的孩子，来到葬礼上，见到牛肉和荞粑，也同样变乖了。

这时候，也最能体现我们山民的善良与朴实。

死者亲属的家境即使十分贫寒，数量有限的牛肉和荞粑，到了这些亲人们手里，你掰给我，我掰给你，甚至老人们只是撕一小点肉，掰一小点荞粑放进嘴里，嚼一嚼，尝一下，也作数。

一面专心享用，一面赞不绝口。事实上，他们是在珍爱生命，珍惜生活，祈求吉祥与长寿，一心想让自己生活在远离病痛死伤，远离是非，远离纷扰繁杂的世界，过上安宁舒适的日子，想让自己有限的生命在无限的历史长河中更长久一些。所以，在极其艰苦的日子里，我们山里的人们也坚信，人一定要坚持活着，最新鲜的事儿，最精美的食物，还等待自己去观赏和享用呢。

片刻，主祭人扯起嗓门宣布："在座的各位，肉和荞粑快要分完了，看看还有没有漏分少分的，请自报姓名，立马补上。"

暂时没有人回音，全场十分安静。末了，有人才轻声说，家里还有个睡觉的孩子；有人说，还有个来不了的老人。分发的人，这时候轻轻把背篼抬过来，把缺席来不了的人的份额补上。

"哦……牛肉和荞粑已分完，全都分得了。"随着主祭人最后的一句大声宣告，男青年们把一个个空篼抛向人群外，以示分完，葬礼顺利结束。

人群猛然掀动，依依道别，路远的亲人先行，附近的人们还在安慰逝者的亲属。

随着人们纷纷离开葬礼，逝者化成了从山野上腾起的一股神秘的青烟，徐徐飘向天空，葬礼上的牛肉和荞粑，把吉祥与长寿留给了人们。葬礼上的每个人都怀着已获保佑的踏实心理，纷纷回家。

有的人，家里还有渴望健康长寿的老人和馋肉的孩子在等待。

我的尊严从何而来

当初我一心想去读书,并非像世上许多名人伟人那样有什么远大理想,有什么高远的志向;除了对山外与生俱来的好奇,就只有一个简单的原因,山村生活十分艰苦,我想跳出农门,过上山外的好日子。

父亲第一次送我到学校报名,是在那年的八月下旬。

那天秋阳热烈,山路两边坡地上的荞麦开始发黄,离秋收的日子不远了。而进入低谷的镇上,公路两边浓密的玉米林里,玉米棒正在灌浆,到处弥漫着浓浓的绿草气息。

全然陌生的学校坐落于镇政府旁的一条小溪边。

进入校门,阳光灿烂,眼前的学校十分明亮,正对着大门的是几排墙面刷白的瓦房围成的一个院落,左边有一个简易的篮球场,有学生在打篮球,有的学生站在球场边围观;有老师带着学生,一群一群在房屋周围忙着打扫卫生;有学生抱着书进教室,可能是在领新书,一派开学时的忙碌景象呈现在眼前。

刚才走在山路上我还有点激动、兴奋。现在跟随父亲第一次走进眼前的校园,看见那么多陌生的学生和老师,心里反而有点紧张了。

看见父亲和我走进学校,有人抬头看我俩,有人朝我俩指指点点。接着,打篮球的、当观众的、扫地的、抱着书进进出出的……都停下来,一窝蜂朝我俩拥来。也许在这些生活相对优越的乡镇小孩的眼里,从山上下来的父亲我俩是天外来客,一会儿的工夫,一大群高矮不齐的师生把父亲我俩围得水

闪烁在大地上的星宿

泄不通。

父亲头戴一顶黑色头帕，身披一件黑披毡，光着脚。而我的样子显得有些滑稽，头上留着一小撮据说是供灵魂居住的黑发，我们叫"祖尔"，也是披着一件小黑毡，同样是光着脚，下身穿着一条母亲缝制的、裤脚又短又宽的裤子。也许我们的寒碜模样引起了师生的好奇，无数双强光一般的目光紧紧盯着我俩，我紧紧扯着父亲的毡角，依偎在他的身下，没有自信，没有一点尊严感。

而这丝毫没有影响我心中对眼前这所学校十分朴实的好奇、向往和内心的激动。

眼前这些人，有的问父亲："带孩子来报名的？是新生？"父亲说："是。"这些人还是一直用目光打量着我俩，我俩身上很快堆满了他们好奇的目光。其中，一个像是老师的成年汉族男人走过来，又接着问父亲："这是你的儿子？你是带他来报名的？"父亲同样回答说："是。"那人转过来问我："阿伊（小孩），想不想读书？"我说："想。"他又继续问："几岁了？"我说："七岁多。"这些都是头天夜里在火塘边父亲教好的。

那个人当场叫我举起右手，经过后脑勺摸左耳，勉强能够着，然后他又叫我以同样的方式举起左手，经过后脑勺摸右耳，也是勉强能够着。这人说差不多，然后带领父亲我俩去报名入学了。

那天，我终于成了梦寐以求的学生，心间掠过一阵从未有过的喜悦。

无论是班上新入学的同学，还是其他年级原有的学生，几乎都是汉族学生，没有几个彝族，而且看得出来，极少的几个彝族应该是干部的孩子。老师几乎是清一色的汉族，唯有一名体育老师是彝族。

想到自己是从古朴、破败的山寨里走来，是从一个个蓬头垢面、衣着褴褛的亲人群里走来，想到自己寨子里的生活环境、生活水平和卫生条件，想到那些没有一个能说几句稍微流利的汉语的亲人们，再看看眼前蓄满阳光、窗明几净的学校，一个个衣着整齐洁净、汉语又说得十分流利的汉族学生，我感到一切都那么新鲜的同时，也有些自卑。

尤其是每天早晚看见食堂里白花生、香喷喷的米饭，是那么诱人，但只有高年级住校生才有资格享用，我们这些刚进校、走读的低年级新生还不够条件享用。每当看到他们端着一碗碗雪白的米饭进进出出，我只好站在一旁情不自禁地吞咽。

从那时起，为了将来成为一名能吃米饭的学生，成为一名干部，我一方面努力读书，另一方面默默期待着早日成为一名高年级学生。

或许是幼稚、肤浅的心理作祟，或许是因为自己生长在生活环境十分艰苦、偏僻的山里，我产生了急于过上好生活的心理，当时的我十分羡慕学校里的那些汉族学生。

那时候，我全然不知道世上有两千多个民族，不知道每个民族都有自己的审美观和价值观；也全然不知我们彝族有多少人口，分布范围有多广，历史有多悠久，曾经有多繁荣昌盛，文化底蕴有多深厚。我把我们彝族狭隘地界定在自己认识、自己见过、自己知道和听说过的这点范围内。

尽管那时候家里读书条件十分艰苦，从小学至高中长达十一年漫长的求学时光里，父母含辛茹苦支持我读书，而我为了不辜负父母的期望，为了心中的梦想，也是认真努力去读，卖力去学。

同样，随着自己学到的知识日益丰厚，汉语口语表达能力也逐渐提高。无论在学校还是回到自己的山寨，凡是听到有人说我的汉语说得越来越好了，我就觉得高兴，有种莫名的满足感。相反，只要听到有人说我读了那么久的书，说起汉语还是吞吞吐吐的，这时候，我就觉得没有面子，羞红了脸。于是我继续刻苦学习，千方百计追赶成绩好的同学。事实上，我同时也在绞尽脑汁去远离自己的皮肤和自己的母语。

1983年高中毕业后，我进入成都西南民族学院学习，第一次远离故土，来到一座陌生的城市，背井离乡的乡愁恰恰使故土和亲人们空前深入我的内心。那些日子，我时时牵挂着故乡四季宁静的山野和那些十分亲切的动物，也牵挂着看似彼此没有关联的零星的村寨，牵挂着寨子里那些显得有些盲目而又整天忙碌的人，我时时把这些装在内心深处，故乡的人和事跟随着我，陪我在遥远的都市里度过了短暂的大学四年。

其间，一方面，老师用彝文编写的教材教我们，我开始接触彝族的历史文化。我学会了彝文，有幸成了西南民院一大群彝汉兼通的彝族老师的学生。这时，我不但开始怀疑自己读中小学时对自己民族的肤浅认识，反而越来越觉得，说彝语用彝文是件光荣的事，不是一件耻辱的事，还逐渐产生了引以为豪的心理；另一方面，学校常常开展文艺汇演、歌咏、篮球、演讲等各种比赛，一次次这样的活动，似乎是一次次系与系之间、各民族学生之间的较量，不甘落后的民族自尊心渐渐在我的内心形成。

第一次顶着一张黛黑的脸庞来到成都，经过一学期的生活学习，我渐渐被成都连日潮湿的气候熏染成一脸洁白。到了寒假，刚回到深山里的老家，包括父母的一些亲人，在私下里纷纷议论我，这个娃娃在学校里肯定是吃不饱、穿不暖，油荤少了，一脸惨白，没有血色。亲人们把我的白脸判定为一种亚健康的表现。而在寨里待了一个月，白天劳动放牧，风吹日晒，夜里围着火塘烤火，烟熏火燎，临近返校时，我的皮肤渐渐又恢复到原来的模样，他们这才放心地说，现在比刚回来时好多了。

原来，我的亲人们喜欢的是黑皮肤，认为这才是健康肤色。这事当时深深打动了我，多少也助推了我对自己民族肤浅认识的改变。

渐渐，我感受到了来自彝族历史文化的底蕴和力量。通过老师的教学以及自学，我逐渐获知彝族拥有久远而厚重的历史文化，具有几千年历史的彝文是世上六种自源文字之一。先民们为我们创造和留下了卷帙浩繁的历史典籍：有四大史诗《勒俄特依》《阿细的先基》《梅葛》《查姆》；有长诗《阿诗玛》《妈妈的女儿》《我的幺表妹》《逃到甜蜜的地方》；有教育经《玛牧特依》；有《阿赫希尼摩》《支格阿龙》《阿依阿支》等典籍；有被誉为"百科全书"的《西南彝志》……是这些经典之作一直滋养着全国近九百万彝族同胞。我常常埋头于这些史诗里，贪婪地吸吮其精华，在这些历史典籍中我逐渐知晓：我们彝族一直发挥着巩固边陲和抵御外侮的重要作用，彝族同胞繁衍生息于祖国大西南这片广袤的群山里，世代以群山为伍，以江河为伴。

这些同胞及他们的后代，一部分通过读书这条途径，已融入全国许多城市，融入其他民族，与其他兄弟民族过着同样的生活。

另一部分没能读书的，依然守望家园，守望着群山，侍弄土地，种植荞麦、燕麦和土豆，靠这些绿色食品为生；饲养牛羊，发展畜牧业。不管是种地，还是放牧，都把自己与土地紧紧联系在一起，因为那是我们的根，是能让我们深深植根于大山里的根。

这些厚重的文化积淀，击碎了我曾经对自己民族幼稚可笑的认知，化成了一滴滴鲜血，一次又一次注入我生命的血管里，成了生命的营养，精神的营养，也渐渐成了我为我们这个民族感到骄傲的缘由，成了我生活在这个世上不卑不亢的底气，我感到自己身后有一片厚实的大地。

在后来的生活中，要是有谁当面说我皮肤白，说我汉语说得好，说我不像彝人时，我不再像从前那样幼稚地沾沾自喜；恰恰一次又一次激发了我的民族尊严感，因为我是彝族，黧黑是我的本色，我应该是我自己，不该是别人。

正如德国哲学家莱布尼茨所说："世上没有两片完全相同的树叶。"物种是有其多样性的，人也是如此。

我想，世上同样没有完全相同的两棵树，没有完全相同的两朵花、两株草、两块石头。动植物与人均是如此，由此世界才变得五彩缤纷，丰富多彩。

读书，渐渐减少了我的自卑心理，我拥有了自己的民族尊严感。

雪线之上的羊

温顺而踏实的羊，不仅是人们肉食的来源，土地也依靠它们的肥料，长出绿油油的庄稼，是人们的财富。然而，雪线之上的羊和雪线之下的羊，对人们的意义也截然不同。雪线之下，气候暖和，土地肥沃，物产丰富，羊也就显得并不那么重要。雪线之上，气候恶劣，土地贫瘠，羊对于每家人都显得十分重要，不可缺少。

除此之外，羊，还特别有恩于我们家，有恩于我。

我们的山寨就坐落在雪线之上。

记得每年下雪的日子，除了来自火塘和父母身上的温暖，就是家里的那两床羊毛毡和羊皮褥。

每到夜晚，火塘熄灭后，风雪从四面八方肆无忌惮地袭进屋内，火塘内侧冰冷的席地上，那张凹凸不平、坚硬的篾席硌得人身上觉得疼痛，唯有铺上那张巨大的羊毛毡，睡在毡上，身上细嫩的肌肤才免遭折磨。

一床巨大的羊皮褥，我们彝语叫"永几霍莫"，是我们一家人共同享有的被子。每个寒冷的夜晚，它铺在我们身上，沉沉地盖住了母亲和我们兄弟姐妹几个，一天又一天，一月又一月，一年又一年，抵御了一个个寒冷的冬夜，把风雪拒之于门外。我还深深地记得，浓密的羊毛里，总是弥漫羊的气息，很快，我们会在这床皮褥的温暖中熟睡成一片起伏的微澜。

第一次在屋前看见一只羊被宰杀、剥皮，我当场惊呆了，我的心在颤抖。剥下的羊皮铺在一张篾席上，皮边上用一些竹签固定住，放在柴垛或篱笆上晒干，然后用手脚搓揉成软皮。十来张这样的羊皮才能拼接、缝制成一床大皮褥，一床大皮褥需要牺牲五六只羊。想起夜里的羊皮褥，这才感到一家人在寒夜里的温暖是由羊的生命换来的，这才觉得夜里的温暖真是来之不易！

有一年的初春，我第一次见寨里剪羊毛。一只只羊被五花大绑在一张张篾席上，被夹在男人们的双腿间。男人们用一把把锋利的巨剪，一层一层地剪下它们身上的羊毛。细密的羊毛宛如柔软的云团，一圈一圈地翻卷，纷纷滚落。我们坐在旁边一把一把地往筐里捡羊毛。一只只羊就这样很快变小了许多，羊身上剪刀留下的印迹层层叠叠，我在思忖，一只羊最多也只能剪出半斤多的毛，多少只羊的毛才能擀出一床巨毡啊！那以后，我更加珍惜家里那床夜里垫睡的羊毛毡！

柔软的羊毛，不仅可以擀垫毡，还可以擀出乌黑或洁白的千层毡、披毡、羊毛裙。这些是多美的服饰啊！后来，在北部凉山的吉古甘洛，东部凉山的昭觉尔库，在人流穿梭的街上，我不止一次看见羊毛擀制成的服饰，挂成一排排惹眼的美丽，成了珍贵的毛织品，吸引南来北往的过客。

我们山里，每逢婚丧嫁娶的场合，男女老少，披着乌黑的披毡，身着洁白的擦尔瓦，一路走来，在山道上，在进入寨子的路上，在寨子里，形成一道道靓丽的风景，这使我更加热爱我们山里的羊。

雪线之上的羊，不仅用自己的皮毛温暖了我的童年，还为我增长了许多来自父母教诲和书本以外的见识。

作为一名小羊倌，我总是跟随老羊倌，披着羊毛擀制的小披毡，赶着一群云一样的羊，迎着清晨绚丽的朝阳、和煦的春风，带上一只牧羊犬，穿过古朴的寨子，向远处的山野赶去。一路上觉得浪漫，扑面而来的是山野美妙的气息。

跟随羊群上山，寨子越来越低矮，阳光灿烂，我仿佛离太阳越来越近。终于到了山顶，我十分惊喜地发现了更远的地方。那里也同样有山，山外有山，有河流、有土地、有寨子，同样弥漫古朴的炊烟。我想，那里应该也有羊群，也有像我这样的小羊倌吧！

在一座座山野气息浓烈的青山上，身边如饥似渴的羊，一头扎进鲜嫩的杂草丛里，一边"噗噗噗"地打着鼻响，一边贪婪地啃食嫩草。我在旁边饶有兴致地观赏羊吃草的模样：十分可爱、专注、聚精会神，还有一丝丝得意、傲慢，两只耳朵不停地摆动，双眼却一直盯着周围，两腮不停地颤抖，细嚼吞咽似乎是在同时进行。

有时，羊群进入密林，看见一棵棵青冈树和一簇簇嫩竹叶，自由组合成三五只一群，轻轻围上去，伸长脖颈去吃。嘴够不着的地方，发挥智慧，抬起前脚，搭在树身上摘吃。一片片树叶，一簇簇竹叶，被羊灵巧的舌头卷进嘴里，那动作十分灵巧娴熟，越看越有趣，仿佛是在观看一场表演。

长年累月，我跟随羊群，越过一条条沟壑，爬上一座座山，穿过一片片山林，那是一座座丰富的植物库。我早于那些没有放羊的孩子，尽情地饮醉了浓烈的花草飘香，其中有索玛花、杜鹃花、山楂花、山茶花……我也先于那些没有放羊的孩子，认识了一些新鲜的名贵药材，知道了它们彝语汉语两种叫法，如"麻补"是杜仲、"瓦东"是黄连、"瓦补舍果"是当归、"依斯"是贝母……

白天在山上，资深的老羊倌总爱选一处制高点席地而坐，偶尔站起来，朝向羊群吼上一两句。在远离人群，充满野性的山野中，即使在阳光下，也是危机四伏。他在警告那些蛰伏在附近茂密草丛里的豺狼，因为它们在暗处，羊在明处，这些豺狼有可能一直对羊群跃跃欲试，伺机而动。就这么一两句普通的吼叫，对于豺狼是警钟，是震慑；而对于羊群，那是一道道坚固的防线，是捍卫羊群安全，是让它们专心致志啃草的神灵。老羊倌的吼叫，一次又一次阻止了狼的行为，不知挽救了多少只羊的生命。

每年秋收后，我们把羊群赶上山地，潮水般的羊群拥进刚刚收割的荞麦地和燕麦地。羊一头扎进只留下麦茬的空地，一丝不苟地寻觅落下的荞麦穗和燕麦穗，寻觅荞麦和燕麦呵护下一直保持柔嫩的青草。

渐渐地，眼看着羊一天比一天上膘，膨胀。到了秋末初冬，所有的羊都变得更加肥壮，牧羊人的心情也十分喜悦。

久而久之，在四通八达的山寨四周，羊群让我知道了早晨出发时经过哪些地方，傍晚归来时经过哪条路径，山野上哪里有草，白天往哪些地方放牧。

很快,我摸准了放羊的套路,除了读书,我觉得自己同时也是一个越来越成熟的牧羊人。

同一片蓝天下,我们山里的孩子读书不容易,且不说学校条件差,教学质量差,就是成绩再好,也未必能顺利完成学业。许多家庭,因为拿不出钱来供自己孩子读书而苦恼,我家也不例外。

那年,参加高考后,我有幸考上了西南民族学院,接到录取通知书的那天,一家人喜忧参半。喜的是我考上了大学,此前父母为我所付出的努力和期待终于有了回报,刷新了我们家族没有一个大学生的历史,整个家族沉浸在一片喜悦里;忧的是家里已经是一贫如洗,临近开学的日子,还是凑不够那点不多的学费,我的父亲为此殚精竭虑。

随着开学的日子步步逼近,不知是急中生智,还是穷则思变,一天夜里,父亲煞费苦心,用一坛储藏了很久的白酒和唯一一只大骟羊款待邻里亲戚,以此来为我筹集学费。

我们家的那只大骟羊,在一个漆黑的夜里,懵懵懂懂被几个生龙活虎的小伙子推至火塘下方的火光里,它在东张西望,幽蓝的目光里满含忧伤,我的喜悦变成了它的悲剧,为我的前程,它付出了生命,我产生了空前的怜悯。

至今令我印象最深的是,父母没有做任何提醒,没有宣传,邻里亲戚对父亲的用意心知肚明。夜里,很多亲戚朋友都来到我们家,席间,亲人们激情难掩,出手大方,慷慨解囊。这个五元,那个十元,纷纷为我捐资。一双双递钱的手上长满了老茧,他们一个个家里的日子也过得十分艰难,甚至有的穷得响叮当,但在这样的关键时刻,还是同样都伸出了一双双充满亲情的手、援助的手,很快凑成了厚厚的一沓钱。

那个年代,街上的市场刚刚兴起,甚至有的街上还没有市场,偶尔有做买卖的人,还显得羞羞答答。一只羊拿到街上卖,肯定换不了多少钱;可作为请客设宴,外加一坛陈年老窖,规格便提高了不少,羊的价值倍增。邻里亲戚的雪中送炭,大骟羊付出了生命代价,凑足了我的费用,我终于满怀喜悦和好奇,如期走进了孜孜以求的大学校园。

新生进校的那天夜里,与同寝室的新同学聊天,得知他们各自的家里也同样穷，离开家里，来学校读书前，也同样宰羊请客才凑够了学费。听新同学们这么一讲，我又想起了我们家的那只大骟羊，想起了那个为我筹款的夜晚，从内心再一次对那只羊产生了感激之情。

那时候，不知有多少只这样的羊，以付出生命为代价，把一个个像我这样的山里穷孩子顺利送进了大学校园。

回想那个年代，我们彝家孩子去城里读书，各自家里的羊功不可没。

我们雪线之上的羊，还让我们知道了并不是天下所有的羊肉都一个样。我们山里野草丰美，尤其是密林中的茵茵青草，青冈嫩叶和青竹叶，秋收后的荞麦穗和燕麦穗，对于羊都是上好的饲料。它们养育了雪线之上的羊，培育了羊身上肥瘦相间，脆而不韧，香而不腻的肉质。

每年冬天，在我们这座春天栖息的城市——拉布俄卓（西昌），偶尔也会有一段特冷的时候。这时候，亲戚朋友围着一口热气缭绕的火锅食用羊肉。席间，只要遇上肉质鲜美的羊肉，有人便以十分肯定的语气说道：这是一只雪线之上的羊。

高贵的"阿普括"

今日的许多想法，在童年时未曾萌生过；今日许多让人大饱眼福的世事变迁，在童年时未曾想象过；今日的许多美好的享受，在童年也未曾梦想过；也未曾想过为人女婿后，有一天，就连高贵的"阿普括"也属于自己。

这事还得从有一次到岳父岳母家过春节时说起。岳父母家在大凉山北部山区高高的俄洛则俄山下，一个叫"马扯拢"的山寨里。

那天，我们一家人满怀喜悦而去。一路上，暖暖的冬阳一直跟随我们颠簸、翻山越岭而去。

进入岳父母家院里，先于我们到达的夕阳还在满院里晃荡。岳父母出来在大门外迎接。有一年多没有见面了，看到自己的女儿回来，看见久违的孙儿孙女的到来，尤其是看到女婿我也来了，岳父母热情、高兴极了。

岳父站在门口，直言不讳地说："让我们久等了。"语气中有一丝责怪，责怪我们姗姗来迟，我马上解释："对不起，对不起，平时单位工作忙，今天我们在路上也耽误了一些。"岳父听了我的解释，也就不再说什么了。

岳父母家的屋里院里坐了许多男女老少，都是些邻里亲戚，黑压压的一片，大概都是在翘首期盼我们的到来。

刚进屋，把我们身上连背带提的年货卸下，没有坐一会儿，岳父一边进出忙碌，一边吩咐年轻人："烧开水，准备杀猪。"岳父的主意已定，像是不可改变。岳母在抱柴生火，支锅，烧开水。

进屋后，坐在火塘对面的客席上，我习惯性地抬起头来对屋内审视了一番，看见岳父母家房梁上还挂着几块去年过年时的烟熏腊肉，香味十足，我便客气地说："家里不是还有腊肉吗，不必杀猪了，煮过年腊肉就行了。"岳父说："女婿来了，孙儿孙女来了，不杀一头猪，这怎么可能！"他的语气十分坚定，明显，不杀一头猪不足以表达两位老人的心情，不足以表达他俩对我们一家人的关爱与牵挂。

岳父的吩咐简直像圣旨。顿时，等候多时的几个年轻人摩拳擦掌，在屋前捉猪。也许为了表达热情和大方，觉得一头猪不够，还追加了几只鸡。我在思忖，这不是我们第一次来，也不是最后一次来，何必这样客气呢，实在是浪费了。但是，一向热情大方、心地善良、心思细腻，受到邻里亲戚尊崇的岳父，几乎没有听我反复诚心的劝说，依自己的想法在张罗晚饭。

岳父母热情，大方，这是历来的风格。其实，仔细看，他们家里并不殷实，圈里的猪鸡也并没有多少。岳父母家有六个儿女，我的妻子是老大，除了大舅子已安家外，其余的弟妹还在读书。有的在读高中，有的在读初中，小舅子还在读小学，平时家里的开销真不小。

我是真心劝说，可怎么也拗不过岳父母的热情，一头两百多斤重的肥猪还是被宰杀了，烧的煮的，管够。

夜里，俄洛则俄山下，屋外的寨子宁静而朦胧，岳父母家屋里依然火光明亮，满屋人声喧哗。新鲜的猪肉鸡肉，煮的烧的，满屋弥漫香味。我们围着火塘喝酒、吃肉、聊天。这时，岳父起身，在众人注目中走进内室，摸索一阵后，捡了一小筑浑圆的东西出来，看样子神秘而宝贵。拿到火塘边，火光映照下，我看清了，那是一小筑梨子。岳父用手把梨子皮上的灰垢抹净后，分别递给火塘四周的人，让大家享用。

我手里拿着一个沉甸甸的梨子，心头在想，岳父母真是忍嘴待客，实属不容易啊！

岳父母家居住的这个寨子，从地理位置、气候条件、水质土质来说，都不适宜种植果树。就连不怎么择土，适应性较强，被普遍种植的核桃、苹果和桃子树，在他们的这个寨子里也很少有人栽种，因为土壤与水质，果树在这里不易结果。

多少次进出这个山寨，除了路边或屋前屋后几棵无人问津的柿子，我很少看见其他的果树。很久以来，我的岳父母家，院里院外也就这么一棵孤独的沙梨。树身不高，有四五米，树干碗口粗。平时，我从来没有见过岳父母家给这棵梨树浇水施肥，给它剪枝，它凭借自己微薄的力量和执着，从四周全是硬邦邦的水泥地面的院坝中央，一直艰难地往上生长。

春暖花开时节，阳光灿烂，春意浓浓。我曾与岳父只能坐在这棵花香满园，蜜蜂嘤嘤嗡嗡萦绕不停的沙梨下，聊天饮酒。因为这棵梨树小，每年夏天，也没有结下多少颗果子，记得每年只能结下这么二十来个，摘下来只有那么一小筐，已经是力所能及，实属不易，对岳父母家已经是给予巨大的回赠了。岳父拿出来的这一小筐梨子，我猜想，摘下后，岳父家肯定是一个也舍不得吃，忍着嘴，一直全数存放起来等着我们，想到这里，我对岳父母产生了从未有过的感激。

看见岳父母如此热情款待，火塘边的一个邻居亲戚感慨道："'阿普括'里的东西，父来舍不得，母来舍不得，女婿来了就舍得。这句谚语果真不假。"听他这么一说，众人都帮腔："今晚眼见为实，的确是这样。"然后，这些邻居亲戚还说，他们平时也爱来这里串门，可没有听说家里还有些梨子，岳父母一直是守口如瓶，直到今夜女婿来了，才把梨子宝贝似的拿出来，岳父母的确是太偏爱自己的女婿了。

我本来就感到有些受宠若惊，有些不安，脸上比被火光烤着还要发烫，他们这么一说，大家的目光都聚在了我身上——我更是感到羞愧难当。

"阿普括"我从小就听说过，但留给我的印象是可望而不可即。

在我们小时候，山寨里家家户户都这样，家里要是有什么好吃的东西，有什么宝贵的，都要存放在"阿普括"里。换言之，凡是进了"阿普括"里的东西，都是好东西。

我们的"阿普括"有的是木制的箱子，有的是竹编的篮子，有的是皮制的袋子……它被神秘地或放或挂在每个家中的内室里，挂在火塘内侧上方的墙壁上，神秘高贵。"阿普括"相当于现在我们城市人家存放名酒名烟的柜子，只要进了"阿普括"，任何食物都变得高贵了。除非是尊贵的客人临门，否则，父母是不肯轻易动的。

童年的记忆里，我们家的"阿普括"一年四季被神秘地挂在内屋里，我们知道，"阿普括"里常常储藏着熟蛋、熟肉、水果糖、蜂蜜和蜂蜜水揉成的燕麦馍，父母不会轻易拿出来给我们享用，除非家里来了什么尊贵的客人。那时候，我们家的内屋成了最受我们几兄妹关注的地方，成了一个神秘且不能轻易踏进的地方，久而久之，我总是觉得"阿普括"里的东西是属于贵客的，不属于我们，"阿普括"对于我们只是一种希望，一种神话。

因此在过去的那个年代，我们如果想享用"阿普括"里的东西，唯一的办法就是期待不知何月何日才到来的贵客，这种期待总是遥遥无期，因为贵客迟迟不肯临门。

而"'阿普括'里的东西，父来舍不得，母来舍不得，女婿来了就舍得"这句谚语，我还是第一次听到。女婿，竟受到岳父母如此的尊重。我反倒觉得当一个女婿不容易，肩上的担子沉甸甸的。同时我也在想，岳父母那么关心女婿，那么看重女婿，作为女婿，自己又该如何报答岳父母浓浓的爱呢？

我一边削手里的梨子，一边想起了此前到岳父母家的一些情景，想起了岳父母家一次比一次盛情的接待：每次陪同妻儿回岳父母家，即使家里还没有喂养出来够宰杀的猪鸡，只有猪崽鸡崽，他们也要去买，甚至去借，隆重款待。即使是日子过得比较艰苦的年月也这样。

有时，我被公务缠身，不能去岳父母家，只有让妻儿去。回来后，我总是随便问上一句："怎么样，这次回家玩好没有？家里招待得还好吗？杀猪杀鸡没有？"妻子说："你没有去，我父母没有那么热情，邻居亲戚前来玩耍的人也少，没有杀猪，只宰了一只鸡。"妻子的神情显得低沉，甚至是遗憾，不高兴。我不去，岳父母家不杀猪不杀鸡，在岳父母的眼里，女婿的分量总是那么重！原来，作为女婿，自己早已享受了"阿普括"里的东西，享受着贵客的待遇。女婿自身就像"阿普括"，被岳父母挂在高高的心壁上，真是令我受宠若惊啊！

岳父母如此偏爱女婿，每次去都是隆重接待，这是为什么呢？我思来想去，除了本身对女婿这重亲戚关系的尊重外，另外还有间接对自己女儿的关心，这叫什么？这叫旁敲侧击！在往后的日子里，希望女婿更加疼爱他们的女儿。

事实上，每次面对岳父母的热情与倾囊款待，我的内心也的确会想到，应该更加珍爱我的妻子，因为她是孩子的母亲，是与自己一生相伴的人。

而到了眼下，毋庸置疑，"阿普括"已被引申为家里最珍贵、舍不得轻易拿出来的东西，甚至是一种高贵的礼节，一份情义，从物质演变成了一种精神，是人世间最贵重的一种情感。

因此，当你到别人家去做客，主人家拿出最宝贵的东西款待你，可以说是给你掏出了"阿普括"里的东西，你应该百般珍惜珍爱才是。

闪烁在大地上的星宿

换个地方去擀毡

"换个地方去擀毡",也许这是作为一名彝族毕摩(经师)对死亡的一种独特解释吧。

叔叔阿果从发病、治疗、确诊为淋巴癌晚期到病情恶化,已整整熬了一年多。

这一年来,在几个邻近的寨子,在那几条进出寨子的山道上,人们已经很少见到他,甚至连续好几个月不见他的身影了。他要么是窝在家里,要么是三天两头去医院检查治疗。他请毕摩在家里念经,祈求上天保佑。除此之外,他与时间赛跑,与病魔殊死搏斗。最后,他已筋疲力尽。无情的病魔将要提前把他作为一个老人的余下时光收走,留给他的时间不多了。这种状况,要是换成别人,身患绝症仿佛泰山压顶,精神会日渐崩溃。

可身为毕摩,当叔叔得知自己已患上绝症后,他没有悲伤,没有痛苦,没有恐惧,反而若无其事,坦然面对。依然像平常早起晚睡,吃饭穿衣,与人聊天,抽烟。有时,还让家里的人斟上一杯,酒香依旧在火塘边弥漫。

那天早晨,一个普通的早晨,当第一缕阳光照进山寨,整个寨子开始了美丽与祥和的一天。正是收割荞麦、打荞麦的好时节,人们纷纷早起,出工,准备迎接新的一天。就在这样一个早晨,叔叔阿果的生命,却无可挽回地步入了即将告别人世间的最后时刻。

听说叔叔已到了弥留之际,亲人们奔走相告。家家户户顾不上其他事,都匆忙往叔叔家里赶。

亲人们纷至沓来，很快，叔叔家的泥屋坐满了亲戚邻里，一边看望叔叔，对他体贴问候，一边按生辰八字和属相，扳起指头测算叔叔的大限。

这样的场合，亲人们也自然想起了叔叔的过去。

叔叔阿果从十来岁就跟随同寨的一位老毕摩学经念经，二十岁光景，已学成经法，出落成一个成熟的毕摩，独自走村串户，山里山外，像一只山鹰，云游四方念经作法，为人医治百病，因此他也被家人取了另一个略带几分贬义的外号——"拉热"，就是浪人的意思。

由于他熟谙彝族民间经法，见多识广，敢说敢为，处事客观公正，一身正气，渐渐成了个远近闻名的"德古"（专门为人调解矛盾纠纷，德高望重的人）。在方圆十几里的几个山寨内，没有他摆不平的矛盾纠纷，这里的人们一直和谐生活在他智慧的光照之下。

眼看着已再无法坐起来好好和亲人们说说话的叔叔，邻里亲戚一个个想起了自己以往来叔叔家串门，年轻人来玩，老年人坐在火塘边，饮酒闲聊的情景，想起叔叔的热情，与人为善，个个情不自禁地产生怜悯之心，流下了止不住的泪水。而叔叔的儿女们呢，想起自己如何被父亲拉扯大，想起自己的父亲一生多么艰辛，想起这一年来可怜的父亲被病魔折磨得瘦骨嶙峋，想起父亲即将撇下自己，孤独地走向远方，与亲人天各一方，儿女们也开始抽泣，泪如泉涌，有的甚至是失声痛哭。

火塘内侧的篾席上，叔叔一直迷糊、安详地躺在大儿子比尔惹的怀里，当他模模糊糊看见满屋的亲戚邻里，隐隐约约听见亲人们的哭泣，有的人已经是泣不成声，他十分艰难地抬起沉重的右手，向儿了示意，把他上身扶起，然后睁开沉重的眼帘，以极其微弱的声音，淡然说："不要哭，不要哭，我不是死，我是换个地方，随祖一起去石姆恩哈（天堂）擀毡的。"正当我们满屋的亲人被他超然的遗言弄得迷惑不解时，另一个也是上了年纪的叔叔接着不慌不忙地说："兄长说得不错，我们彝人去世后，男的到天上弹羊毛、铺羊毛、擀毡。女的到天上扯羊毛、捻线、织羊毛裙。我们看到天上铺着薄薄的、均匀的云层，那是天上老人弹好后铺成的羊毛。"听了这番话，满屋的紧张与悲痛气氛稍微舒缓了一些，亲人们对待死亡也不再是那么惧怕，那么恐慌，都在静静聆听，觉得这样的解释生动而美丽。

我站在一旁静静地想，难道石姆恩哈是石姆恩几（人间）的翻版？

在石姆恩几，我们彝人历来居住在山上，播种土豆、荞麦和燕麦，饲养牛羊。寨里的人养羊多，自然产毛也多，而会擀毡的人却凤毛麟角，一个寨子一般只有一个擀毡人，有的地方甚至几个邻近的寨子只有一个擀毡人，这样的擀毡人，一年四季被人请来请去，备受尊重。

晴天，我们常常抬头看见天上铺得十分均匀的云层，确实宛如手工铺成的羊毛。

记得每次乘坐飞机，透过机窗，看见那茫茫云海，仿佛是一层厚厚的白羊毛铺成，像是小时候见过的情景：在屋前的阳光地上，坐在擀毡人的旁边，聚精会神看他把弹好的羊毛十分均匀地铺在擀毡帘席上，噙上一大口一大口清水，一阵一阵，均匀地喷在羊毛上，宛如我坐飞机时看到的云层，我总觉得跳到这样的云层上，走路、跑步、翻滚，都不会掉落，应该会感到十分柔软。原来是有那么多男人在天上弹羊毛，擀披毡；有那么多女人在天上扯羊毛，捻线，织羊毛裙。现在想来，我们曾经多少次乘坐飞机穿越万里高空，其实也是在穿越人世间。

还记得小时候，寨里的那些老人，喜欢夜里聚在谁家，坐在温暖的火塘边闲聊，或白天坐在门前墙根下的阳光里，打发时光，我常听见他（她）们逢人毫不讳言："我是该死了，我是想死了，就是石姆恩哈不要人啊！"这些老人们不愁吃穿，生活得好端端的，为什么总是那么不惧死亡，甚至如此向往石姆恩哈呢？那时候我百思不得其解，于是我常在想，难道石姆恩哈和人间一样，这与今天两个老人的话十分吻合啊！

难道老人们想到天堂，都是想去弥补留在人间的缺憾，都想成为擀毡人，想把温暖献给别人吗？

明亮的阳光静静洒在山野上，似乎是前来迎候白天的一切。

阿果又轻轻躺下去，安详、永远地闭上了双眼。

满屋的人悲痛欲绝，亲人们的哭声此起彼伏。按古老传统的习俗，要把遗体抬放在门前的阳光地，毕摩要做短暂的超度亡灵。毕摩头戴一顶黑色毡斗，盘腿端坐于地上，平视前面的遗体，翻开经书，手捧一杯圣酒，开始念经。他念道："哦……你灵随你去，你魂随你去，你随你的父亲去，你随你的祖辈去，一同石姆恩哈去，随父弹羊毛，随祖弹羊毛，随父擀毡去，随祖擀毡去……"念着念着，毕摩自己像是进入了忘我的境界。他的这一番精彩动人的超度，让围在阿果四周密密麻麻的亲人觉得高远、神秘，仿佛进入了古老的秘境，而忘却了眼前自己的悲痛。

抑或有人抬起头，向天上望去，仿佛真的是有人的灵魂飘上了高天。

闪烁在大地上的星宿

坐在悬崖上的人

那天下午，秋阳高照，我正在人群熙攘的拉布俄卓（西昌）街上闲逛，走着走着，手机骤然响起，拿出来一看，是嫂子，也就是侄子木呷惹的母亲。

这通电话是从遥远的山里打来的。她的语气十分激动："喂，乌萨，我是你嫂子。木呷惹的老师打电话来，木呷惹逃学十来天了，一直不见踪影，乌萨，我怎么办？他读初中高中也逃过学，不止一次了，现在读大学也这样。我被这个儿子折腾够了，已感到失望，甚至感到万念俱灰。你的兄长，孩子的父亲，见此情形，置若罔闻，甚至若无其事，只会当甩手父亲。就说今天，别人家家户户都在忙于抢收荞麦，他不知跑去哪里玩，此时，我只身一人在割荞麦，儿子又这样，我已经伤透了心。"她的这番话，隔着山水，让远在拉布俄卓这头的我听得一阵阵心寒。

我在想，世上怎么会有这种没有责任感、没有担当的男人呢？难道木呷惹不是他的儿子？但我只能从手机的这头安慰嫂子，劝她不要伤心，不要生气，不要灰心，事情总会有解决的办法。

眼下，正是山里趁梅雨天收割荞麦的好时节，机不可失。此时此刻，我能想象一位山里女人的形象：西部凉山觉克瓦吾的山上山下，那是另一重天，雨雾弥漫，嫂子孤零一人，站在淅淅沥沥的梅雨下，站在湿漉漉的荞麦地里，左手拿着手机，右手提着镰刀，冰凉的雨水正从她的帽檐，从她的手上，从镰刀尖上，从她的裙边往下滴落。那雨水啊，同样也滴落在我的内心里，而且是那么冰凉！

母亲的确是不可替代。在一个小小的家庭里，较之有些大而化之的父亲，也只有母亲把勤劳、善良、慈祥、细心、体贴、担当和关爱儿女集于一身。

换言之，为人母亲，并非一件易事。

母亲自从怀上自己的孩子，就意味着开始了有沉重压力的生活。可她为了家庭，为了孩子，不分白天黑夜，不分酷暑寒冬，在家里进进出出，在田间地头忙忙碌碌。临近分娩，依然腆着肚子，背水拾柴，下地干活，生火做饭。直到把孩子生下后，给孩子喂奶喂食，接屎接尿，为养育孩子而流汗，付出心血，从不消停。

那么，比起女儿，母亲为什么单就更加担心自己的儿子呢？

不言而喻，男孩天生好动，调皮捣蛋，从小便喜欢弄刀舞棒，翻墙越栏，整天在寨子里疯玩。

彝族历来有说法：父亲铸就了儿子的根骨，他是谁家的，姓甚名谁，是第几代传人，人的性格特征怎样，这些都是父亲给予的；母亲铸就了儿子的血肉，聪明与否，高矮胖瘦，相貌美丑，这些都是母亲给予的。

血肉紧紧拥抱着根骨，呵护着根骨，把自己的心紧紧贴在根骨上。怕他受风着凉，怕他风吹雨打日晒，怕他在外面、在众人面前出丑和陷入尴尬。反过来，根骨是血肉的依靠和寄托，是血肉的希望所在，是血肉的精神支柱，是血肉的生存动力。

我们彝族有句话叫"生子似舅"，也证实了这点。

因此，和担心自己的女儿一样，母亲也担心自己儿子是否穿少穿薄，受风着凉，发烧感冒，忍饥挨饿，摔倒跌倒，受别人的孩子欺负。除此之外，无时不在担心儿子在外面调皮捣蛋，惹是生非，闯出什么祸来。

母亲为儿子付出的心血确实多得多！

远的不说，就拿我们这些山里彝族男孩的出生与成长来说吧。母亲在简陋的瓦板房里，没有任何医疗条件，在粗糙的篾席上，流了无数的鲜血，几乎以付出生命为代价把我们生下。我们从一个混沌的世界来到明亮的天光下，眼睛尚未睁开，便挣扎着寻找母亲的乳汁，找到乳头含在嘴里，如痴如醉地吸吮。吸足了，迷迷糊糊地躺在母亲的怀里，或躺在襁褓中。

有时哭了，母亲一边拍打着襁褓，一边嘴里念着"霍，霍，霍，霍（彝语"成器"的意思）……"哄我们睡觉。一日复一日，一月复一月，一年复一年。

母亲那弥漫乳汁和充满温暖的怀抱是我们的港湾。无论风吹雨打日晒，我们都会在这个港湾里安然无恙。稍稍长高后，我们要么被母亲牵着走，要么被母亲背在背上。我们躺在母亲一年四季不知疲惫的背上，感受母亲的体温，感受母亲坚强的脊梁，就像是躺在大地之上，感到厚重、踏实。在母亲的背上，我们仿佛也听到了母亲早晚背水的叮咚声，听见了柴棒在母亲背上相互挤压的吱嘎声。

母亲就这样一步步把我们拉扯大，含辛茹苦供我们读书。历经小学、初中、高中乃至大学，工作……直到我已经成家，为人父亲了，母亲还常常惦记我们，从遥远的山里捎来问候，捎来吃的穿的，依然还在牵挂自己儿女的身体和生活。

真是可怜天下父母心！

可母亲得到的回报是什么呢，有多少儿子能把父母的养育之恩时时铭记在心？有多少儿子经常给自己的父母买好吃的，买衣裳？又有多少儿子常常向自己的父母体贴入微地嘘寒问暖？更多的父母得到的，往往是没完没了的担心、生气、愤怒、伤心与失望，甚至是绝望。所以才有了我们这句流传千年的谚语——"惹博阿嫫瓦果里（有儿的母亲好比坐在高高的悬崖上）"，真正道出了一个儿子背后母亲的责任、担当与牵挂。

回过头来说说侄子木呷惹。整整一学期，他杳无音信。家里人从附近的县城到远方的城市，凡是有可能去的地方，托人打听，派亲戚朋友去寻找。派去寻找的各路人马精疲力竭，陆续回来后，都只带回一句同样的话："连人影都不见。"有人甚至怀疑，他是不是已不在人世了。

直到接近期末那天，木呷惹才突然出现在家门口，仿佛是从天而降的外星人，父母感到不可思议，觉得自己看花了眼，让焦头烂额的家人们哭笑不得。

按学校规定，要求办一年的休学手续。他的母亲，我的嫂子，一个从未离开过寨子半步的山里女人,怕儿子中途又消失,那天,她放下正忙着的农活和家务,毅然从家里出发,从几个地方换乘几辆车,通过两天的翻山越岭,从山里把儿子带过来。我在拉布俄卓一家普通的饭馆里接待这对母子。我们三个人围着一张饭桌而坐。也许是几个月来为自己的儿子操心担心过度的缘故吧,嫂子比起年前我们相见时已憔悴了许多,神情忧郁,情绪低落,判若两人。

　　我对嫂子说:"我们边吃边说。"可她迟迟不动筷子,还在说儿子:"你为什么三番五次逃学,你是怎么想的,当面好好给你的叔叔说。"我掏心窝给他讲些道理,进行批评和教育,他一直低着头,脸上还表露出觉得自己十分委屈的样子,说了半天,他才意识到自己的错误。

闪烁在大地上的星宿

羊胆与猪胆

对于远在深山里的沙马寨来说，也许我们只是近期最大的一拨客人；而对于我们，是第一次来到这个陌生的地方，来到这个纯粹是沙马氏住的寨子。

从山头倾泻而下的黄昏前脚刚步入山窝里的沙马寨，后脚我们一群前来定亲的人，带着使命和重托，高高兴兴来到寨里的沙马木果家。其中，最高兴的，莫过于远亲侄子诺尔木且，因为我们是去为他定亲，一大早，他就积极主动在张罗。

我们来到木果家，屋前簇拥着一大群亲戚朋友。我们被一双双朴实且充满期待的目光和主人家的热情迎进屋里。屋里坐满了人，都是前来参加、见证这场订婚仪式的邻里亲戚。

见我们鱼贯而入，火塘边坐着的人纷纷给我们让出席位。按辈分高低，我们依次坐在火塘对面篾席垫成的客席上。

刚入座，坐在火塘内侧上位的木果立马招呼家人生火，支锅，烧水。同时也迅速拉开了主客彼此介绍、相互问候寒暄、敬酒的序幕。

不一会儿，传出一阵门框被撞击的哐啷声，几个生龙活虎的年轻人，前拉后推，把一只大骟羊推拉至火塘下方，羊还在懵懂中东张西望。

满屋荡漾喧哗声。但此时此刻，主客最关心、最急于看到的是羊胆，都期望着一颗胆汁满满的、金黄的羊胆出现在明亮的灯光下，让所有前来的亲人们高高兴兴，欢乐至深夜，让这门亲事顺利定下。

今晚为女儿定亲，木果内心多少有些失落，但又理所当然地希望一切都

122

顺顺利利，尤其希望羊胆、猪胆都完美无缺。

木果说："赶快宰羊，赶快宰羊。"他这么一吩咐，几个年轻人雷厉风行，挽起袖子，迅速而轻松把大骟羊搬倒在火塘下方的地上摁住。木果说，把羊胆拿出来看看，那个正在埋头掏内脏的年轻人，抬起头，看着木果不说话，只是摇头，示意这只羊没有胆。

没有羊胆，预示了这门亲事极为不吉利，甚至无望。火塘四周的喧哗声戛然而止，目光唰地一下全投向了木果，仿佛是在怪他。而木果呢，此时，不知所措，表情难堪，他心头肯定在想，怎么会是这样呢？

突然出现这种尴尬，洋溢满屋的欢乐气氛突然减弱了。火塘边的人，你看我，我看你，面面相觑，觉得不是滋味，甚至心已悬吊在半空中。接着是一片哗然，纷纷议论消失的羊胆，心里肯定都在想，羊胆究竟哪里去了呢？为了打破僵局，木果吩咐家人添柴加火。熊熊火光映照中，火塘四周，张张面孔，神情凝重，甚至有的紧皱眉头，都在为没有羊胆的事儿纳闷、失望。

与此同时，木果，包括我们一大群客人，只好把最后一线希望寄托在猪胆上，期待一颗好好的猪胆出现在屋里。

门前黄昏里的院坝上，响起了一头半大猪的尖叫声，我们彝族订婚以羊为主，外加一头猪，那叫配宰。一会儿，一个年轻人匆忙跨进屋来，直接走到木果旁边，弯腰，把嘴凑近他的耳边，悄悄告诉了他一句什么话，那人立马就转身出去了，木果又是失望地摇了摇头。大家疑心，莫非是今天猪也没有胆？果不其然，木果说，猪确实也没有胆。怎么会这样呢，难道是天意吗？整个屋里，深深的叹息声彼此起伏，所有人的心情都跌到谷底，仿佛向熊熊烈火浇上一盆冷水，满屋人的激情澎湃和欢乐气氛很快熄灭了。

出现这样的情况，其实，此时心情最为复杂，最为难受的，不是我们其他人，而是诺尔木且和沙马乌只媖。

两个年轻人从相识、相知到相爱，经历了一段甜蜜的好时光，经历了一段值得回忆的浪漫故事，已经难舍难分，好不容易发誓言愿成为一对恩爱夫妻。

就说今夜，两个人一个坐在火塘内侧下方，一个坐在火塘对面的下方，本来在暗中一直用目光交流彼此的心里话，分享眼下醉人的氛围。说不准，两个人正在暗暗设想美好的未来：结婚，在城里安家，好好工作，挣钱，盖一栋漂亮的房子，生儿育女，让自己的孩子接受城市良好的教育，过上舒坦的日子。

万万没想到，会出现眼前羊也没有胆，猪也没有胆的状况，一切美好的憧憬变成了眼前的泡影。

现在，两人的美好心情同时被破坏了，都相继埋下了头，心情肯定已沉入复杂的忧伤之中。

唯有火塘里的火倒是越来越旺盛，煮在锅里的羊肉香味弥漫。但此时，又有几个人能有愉快的心情来领受眼前这顿圣洁的宴席呢？

锅里的羊肉越煮越熟，可我们的心情越来越难受。这场订婚宴，我们满屋的主客都吃得十分憋屈、尴尬，可碍于情面，大家都忍着心中的不快，埋头吃完了那顿饭。

的确，我们彝族人待客杀猪宰羊历来要看胆，就像是宰鸡，要看鸡舌、看鸡腿骨。遇上这种本该喜庆的日子，宰猪宰羊，猪和羊的胆被取出后，提在光亮中审视，胆汁满满的，金黄透亮的，属于好胆。好胆预示着，一切都将会顺顺利利，吉祥如意。火把节要看胆，胆好，预示一年风调雨顺，五谷丰登；过年要看胆，胆好，预示着一家人来年人丁兴旺，生活美满，来年比今年过得还要好；办喜事要看胆，胆好，预示这桩婚事好，新郎新娘未来的日子将会美好。相反，如果胆小，胆汁少，不透亮，甚至无胆——这是最为严重的，注定眼前进行的事情不顺利。

于是，就这么一颗普普通通的胆，这么一个普普通通的器官，在我们彝族文化里，它还能发挥特殊而神奇的作用。在一些诸如逢年过节和婚丧嫁娶的酒席或特殊仪式上，它能预示吉凶，我们历来相信它无声的语言。

在我们彝族人的生活中，经过长久的实践，动物的胆，已成了我们未来的预测者，成了我们山里人的先知先觉者，成了我们生活中的一只晴雨表，成了我们喜忧的一道分水岭。

而今天，猪羊双双无胆，从没有过这样的先例啊！实属罕见，真是让人百思不得其解。

今天不幸遭遇这样的倒霉事，这是天大的忌讳，火塘周围的人都沉默了，索性暂时避开订婚的事，谈论其他生产生活，诸如六畜五谷等一些与今晚无关的事。本来眼看即将要成为亲家的两拨人，此时，也只好暂时维持原来的关系。

前来为兄弟定亲，作为兄长的诺尔克古本来十分高兴，想在今天这个场合大饮一番，在众亲家面前展示一下自己的酒量，把兄弟的面子抬得高高的。可不料遇上这等让人扫兴的事，他失望了，而且很不情愿地悄悄对旁边的弟弟诺尔木且说："这是不祥的预兆，这事只有暂时放一放，怎么样？"诺尔木且又一次埋下头，没有开腔，美好的心情彻底被夺走了，内心肯定是十分难受，脸上挤出一丝难堪的表情。

夜幕沉沉，笼罩群山，笼罩眼前这个山寨。我们的心情也变得愈加沉重。

时候还不晚，不是木果家不热情，也并不是我们不想留，只是再厚的脸面也抵挡不住那只没有胆的羊，那头没有胆的猪。

这样的场合，主客双方实在是无言以对。我们只好在匆忙中，用几句话对主人家表示感谢，主人家也说了几句客套的挽留话，匆匆结束了这场订婚仪式。我们匆匆离开了沙马寨，主客双方不欢而散。

满怀希望而去，失望而归。

返回的山路上，我们个个还在为猪胆羊胆的事，议论纷纷，唯有诺尔木且一言不发，他低着头，只顾走自己的路，从他的表情可以看出，他心里定是充满了沮丧。

我们走着走着，他突然停住脚步说："我恨那只羊那头猪。"

有许多事情的结局往往会回到它的原点上。一年后的有一天，木且的兄长克古和我在茶楼里喝茶，不经意中谈起了他的弟弟，他说，后来木且与沙马家的那个姑娘没有断绝关系，一直相好，成了一家，不到半年，却发现那个姑娘有许多不良行为，家里也有一种彝族人最忌讳的病史，两人的感情开始出现了裂缝，现在一直在闹离婚。听了克古的讲述，我感到有些惊讶的同时，也想起了当初羊胆猪胆的事。

125

做美事

不同的地方，不同的民族，婚俗也是不一样的。

在我的家乡，彝族传统的婚俗是：新郎新娘举办正式婚礼前，要经历"提亲""定亲"和"接亲"三部曲。提亲要请媒人，定亲要泼水、定彩礼付彩礼，接亲要唱戏、喜背新娘。

其中，最重要的一道环节是定亲，在彝语中叫"吾让木"，也叫"博木扎其"，即做美事，做善事。我们彝族的谚语说，"常事可当玩笑开，婚事不能当玩笑。"年轻人只要举行了"吾让木"仪式，就相当于签订了协议，哪方反悔哪方负全责，至今也这样。

侄儿乌合友色惹在四川省凉山州拉布俄卓（西昌）打工，认识了基只乌牛嫫。他俩经历了相识、相知到相爱的过程，最后要成亲。但必须先到女方家里，当着双方亲人的面，特别是当着父母的面，举行"吾让木"仪式才可以。

经过挑选，仪式于一个吉日举行。

那天，我们男方一共十九个人，三辆越野车，两辆红色小轿车，因为这一天所有的数字只能是奇数。带上一些烟酒，组成一支小车队，从拉布俄卓出发，直奔基只乌牛嫫的老家。

基只乌牛嫫家居住在雅砻江上游一座高高的山腰上。在鸡肠般的山路上，车队保持一定距离行驶着。

车开到盐源县金河乡的集镇，山路开始向右岔去，一条铺着石子的蛇形小路把我们缓缓引上右边的山坡。满眼葱绿的山坡上，一些零星分布、刷白的瓦板屋迎面而来。在弯弯曲曲的窄道上颠簸了大约十分钟，车终于停下来了。

路的上方，斜坡上有一户人家，院门的里外密密麻麻站满了人，这里就是基只乌牛嫫的父母家。

乌牛嫫从小生长在这里，在这里读书，初中毕业后去拉布俄卓读幼师。

看见我们陆续下车，列队爬坎而上，人群给我们让出了一条明显的通道，通道两边站着一些年轻的女子，一个个都端着沉甸甸的水盆在等待，那是要给我们泼水。

以前，订婚这天，男方家的人一进入女方家，稍不注意，女方家的人就会往男方家人脸上抹猪油、抹锅烟、泼炭灰水，一会儿的工夫就让男方家的人，一张张脸变得黑不溜秋，一个个变成花脸。但也不能生气，要忍着，只能笑，最后是客人、主人笑拢成一堆。现在减少了不少环节，还在沿用的只有泼水了。

我们几个稍微年长的，给予我们的待遇还好，算特殊照顾，在有人特意保护下，她们只是用手捧着水，往我们身上随便象征性洒了一点，身上并没有沾上多少水，很快就被主人引进了屋，甚至有的身上依然是干干的。一路而来的几个年轻的小伙子就另当别论了。他们成了女方姑娘们的主攻目标，一进院门就被拦截住，一盆盆水直向他们身上泼去，甚至是从头上扣下去。他们一个个只好用双手护着头往里冲，这情形仿佛是在穿越一道瀑布，欢快而浪漫。有的索性护着头，蹲在地上，任由年轻美丽的姑娘们泼水，很快变成了落汤鸡。

女方家无论是抹脸还是泼水，目的只有一个，就是想镇住男方家的人，浇灭男方人的火气，平衡自己家姑娘被娶走的缺憾与失落感。

基只乌牛嫫家的泥屋大约有一百平方米，是两室一厅的平房。顺着屋内墙脚摆放了一圈沙发，我们正对门而坐。由于客厅小，门外是空旷的天地，屋里与外面一样，十分敞亮，依然弥漫山野美妙的气息。背面的墙壁，分明是两种颜色，以墙腰为界，上截保持了泥土的原貌，下截涂白。从门外进来的阳光照在洁白的墙面上，反射的光更加强烈，使摆放在茶几上的烟酒糖和花生瓜子更加缤纷夺目。待大家都坐定后，双方开始互相介绍，彼此问候。

彝族谚语说："嫁女由父亲，彩礼由弟兄。"定彩礼是定亲中最关键的一道程序。基只乌牛嫫的彩礼为多少，双方正在商讨。女方家的代表讲述了基只乌牛嫫从呱呱坠地到去年毕业于凉山民族师范学校的整个过程，罗列了其中所有的费用，包括吃穿用度、学杂费等，然后说要20万元的彩礼。我们男方的代表则向女方求情诉苦，说我的兄弟家是农民，家里穷得响叮当，还在供一个儿子读大学。基只乌牛嫫的彩礼，按道理，我们都很愿意给，也该给，可眼下实在是拿不出那么多，最多只能拿出8万元来。

恰好在前些日子，凉山州政府为了刹住高额婚嫁彩礼的不正之风，出台了一个暂行规定，明确要求婚嫁彩礼不能过高，应由双方协商，主要是男方能承受。乌合友色惹和基只乌牛嫫事先已在私下说过，给10万元的彩礼，且已说定，以后两人有钱，手头宽裕了，多照顾一下女方的父母。因此，双方的亲人争了半天，等于白争。

于是，当天先给5万元的彩礼，婚后再付5万元，这门婚事就算说成了。

彩礼已说成，婚事一锤定音。主人家纷纷起身，频频向我们敬酒。我们也不停地回敬，屋里充满了喧哗声。听见屋里人推杯换盏的声音，院坝里的年轻人也掀起了新一轮泼水的嬉戏。

基只乌牛嫫的父母是普通人，家境并不殷实，可今天是女儿订婚的吉日，他们倾尽所有。几个男青年前拉后推，跌跌撞撞地把两只黑色大山羊推拉至明亮的客厅中央，这是让客人见证，这不是病羊，更不是死羊，是两只好端端的羊，表达主人家的诚心，让客人放心，这才又推拉出去宰杀。

我们彝族订婚要杀羊杀猪，至少也要宰两只鸡，且同时要看羊胆。如若胆小、胆汁少、不透亮，预示着不太理想；如若无胆，预示着这门婚事不顺利，两口子即使不闹离婚，往后的日子里，也会出现磕磕绊绊，也是不吉利。

满屋的人都期待着看羊胆。很快，一名男青年进屋，十分激动地说："你们看，两只大山羊的胆汁多，又大又黄，是两个好胆。"主客双方十分高兴，脸上都露出了笑容。

此时，透过敞着的门向外望，对面是两座绿色的山林，在灿烂的阳光和碧蓝的天空下，山脊勾勒出两道清晰的波浪线。山腰是青青杂草丛生，山顶是密林，呈带状分布。林中的所有鸟兽，仿佛都在静静感受着今天这对年轻人订婚的喜庆。两岸间的深峡，是奔腾不息的雅砻江，涛声此起彼伏，也许是在用歌声祝福这对年轻人吧。

饭菜做好了，大家闹闹嚷嚷，喝酒，吃饭，男女青年抓扯玩耍，可整个过程，没有摔烂一只碗一个杯，没有摔烂一只酒瓶，所有的锅碗瓢盆都完好无损，这是好事，预示着这桩婚事的吉利。

午后，所有的流程都已结束，我们一行人要返回了。出门时，女方家的人跟随我们拥出来，把我们送至寨后的山梁上。我们已经走远了，他们还簇拥在那里，目送我们。渐渐，在无数次回眸里，他们凝固了，仿佛是一群雕塑，我们也感到依依不舍。

侄儿乌合友色惹把大半的心留在那面坡上的山寨里，留在基只乌牛嫫的身上。也许，基只乌牛嫫也把大半的心留给了侄儿，甚至跟随我们来了。

闪烁在大地上的星宿

格 言

　　今天，二姐家异常热闹，我们兄弟姐妹全都聚在了这里，还有一大群大小高矮不齐的晚辈。

　　门前宽敞明亮的水泥院坝，几个年轻人忙于宰杀一只来自雪线之上的大山羊。

　　自从二姐家搬到县城，住进这间新房，动辄就杀猪宰羊，就连二姐夫自己也记不清这是第几只被宰杀的羊了。

　　二姐夫舒坦地坐在屋里的沙发上，看电视，端起酒杯，愉快地聊天饮酒。屋里满是崭新明亮的家什，一家人快快乐乐，看得出来，眼下二姐家的生活算是比较滋润了，这是许多山里人家向往的生活。

　　这让我想起了他家的过去。在许多年前，二姐家居住在县城北边，距离盐源县城三十公里的觉克瓦吾山下。我曾领教过那个地方恶劣的生活环境，缺水缺植被，夏天水土流失，冬天风沙肆虐，吹得路人睁不开眼。一家人一年四季，累死累活，却始终是食不果腹。当时，二姐夫乌卡又身患重病，三天两头跑医院，到处求医，家里穷得叮当响。他家八口人，一个儿子，五个女儿，夫妇俩被一大群儿女拖得精疲力竭，就像是朱自清先生笔下的家。一家人的日子过得十分辛苦。有天夜里，家里来了个客人，他坐在火塘边，与二姐夫闲聊。聊着聊着，他看见满屋破旧不堪，尤其在晚饭时，一锅洋芋煮熟后被端到火塘下方，几分钟内，一大撮箕热气腾腾的洋芋被娃娃们一抢而空，客人皱下了眉头。二姐夫注意到客人的表情，灰心丧气地说："我家娃娃

130

多，我又有病缠身，穷，羞于给人提起啊！"客人听后，立马宽慰道："不怕，不怕，慢慢会好起来的。"他于心不忍，还意味深长地对二姐夫说了句格言："苏嘎苏沙吾莫玛觉日（贫富悬殊只系于一头母猪的一辈子）。"就是说，一家贫困户要是喂上一头母猪，母猪产下好几窝小猪崽，每头猪崽又产下小猪崽，一窝又一窝，窝窝相接，这就是一笔不尽的财富。

二姐夫一听，觉得这句格言说得不无道理。

自从那天起，二姐夫便把这句格言深深铭刻于心。他常常提醒和鞭策自己，自己不是孬种，不是废物，是我们彝族人里堂堂正正的乌氏家族，雅格舒补的后代。他学会了给自己打气鼓劲，告别过去，调整心态，振作精神，用愉快和充满希望的心情面对现实以及未来。

一方面，他继续寻医，珍惜生命，病情渐渐有所好转。

另一方面，他开始学会节约，用钱节约，吃饭穿衣也节约，别人一顿饭，他家煮成两顿饭；别人两顿饭，他家煮成三顿饭。在他看来，节约也是一种生产。同时，他发动全家人勤劳治家，捡粪积粪，翻土碎土，精耕细作。他养猪养鸡，偶或卖一头小猪，卖一两只鸡，手头开始有了零花钱，日子一年比一年好起来，信心也就一年更比一年足。

二姐夫读过书，当过民办教师，是个知书达理、自尊心极强的人。他饱尝了文化水平低的苦头，如今还在后悔当初辍学，半途而废，这促使他一心想让孩子弥补自己的缺憾。除了大女儿订上了娃娃亲，来不及读书，其余的孩子都相继被他送进了学校，对这个家更是雪上加霜。

有一天，他想起了当年客人的那句格言，同时也想起了堂兄吉则古阿木。古阿木也出生于生活条件同样十分艰苦的山村，自幼失去父母，但他不甘贫困，苦苦追求与挣扎，闯荡江湖，养蜂，开采矿石，做松茸生意，养牛羊，后来在县城买地建苹果园，建果汁厂，生意逐渐做大做强，勤劳致富，白手起家，一度成为全县农民企业家的典范。乌卡被兄长的创业精神打动了。他想，古阿木的厂里应该需要人手，他想去打工。这个念头越发强烈。有一天，他厚起脸皮，从老家翻山越岭，匆匆赶到县城，找到古阿木后，当面向他倾诉自己心中的苦衷与诉求。富有同情心，重亲戚，重感情的堂兄古阿木接纳了他。于是，他独自留在县城，来到古阿木的果汁厂打工。他先是扫地，在食堂里煮饭，拉果渣，收购水果，往商店超市里拉运成品果汁，做苦力挣钱。后来，堂兄慢慢让他经营果园，他学会了施肥，给果树修剪枝，开始做一些稍带技术的活。

二姐夫做事认真细致，责任心强，能吃苦，博得了堂兄古阿木的赏识和器重，由此薪酬也逐年增加。后来，大女儿和老四老幺三个女儿相继出嫁，只有三女儿和幺儿子在读书。他在县城租了一间房，举家搬到了县城，索性把妻子和中专毕业在家务农的二女儿也带到县城，一起打工。

一方面，一家人靠打工，供两个孩子读书。

另一方面，通过打工，省吃俭用，一块钱一块钱地积攒，买土地，买果园，后来逐渐建房，形成了眼前这个果树掩映的四合院。二姐夫一步步把自己"逼"成了一个拥有十几亩苹果园的果农。

二姐家住进县城，不仅是住到了新的地方，周边环境也变好了，一家人的生活也有了好转，也方便了我们这些在外读书的亲戚。过去，每次回家，一早从西昌出发，经过一天崎岖山路的颠簸，带着一身疲惫到了盐源县城，夜宿的地方唯有在县民族中学的大姐家，现在多了二姐家，我们多了个中转站，我们也高兴。

厨房里满满一锅羊肉还在煮着，香喷喷的肉味儿、醉人的酒味儿，与屋里屋外的喧哗声交织在一起。也许是觉得屋里有些嘈杂吧，二姐夫说："走，趁肉还没熟，咱俩去果园转一转。"我说："好。"

围绕他家的苹果园，他说："这片果园，每年能挣几万元，这几年，家里所有的用度都靠这些苹果。"我一边听，一边自然向眼前的这片果园看去，正在挂果的苹果园，果实累累，在午后的阳光下闪烁光芒；苹果的蜜香，夹杂着郊野的气息，阵阵扑面而来，让人心醉。

回到屋里，二姐夫我俩又天南海北地聊，聊着聊着，他突然皱下眉头，像是想起了过去什么不快的事，为了缓解气氛，我贸然问他："记得那时候你们家的确很穷，当时是什么东西支撑着你走过来的？"他的回答让我十分感动，他说："除了客人的那句格言，后来又有一句格言支撑了我。"我问是哪一句，他说："吾聪古里喀，哲莫曾里喀（人们靠勤俭，牲畜靠盐喂）。"我向他点头示意，心头在想，二姐夫是个有文化的人，他把格言化成了自身的动力。

格言就是格言。

两重天里的孩子

不管怎么说，能成为现在的孩子，那真是一件值得庆幸的事。

现在，无论是城市还是乡村的孩子，生逢其时。母亲自怀上孩子，她便开始讲究和调理饮食营养；临产前，孕妇就住进医院里，有白衣天使照料和接生。尤其是城里的孩子，出生后，吃的穿的玩的一应俱全，养尊处优——这常使我想起从前我们这些山里孩子的出生以及成长经历。

从前，我们这些山里的孩子生不逢时，生活条件差，每家人的孩子都出生在火塘边，出生在简陋的篾席上。孩子出生后，母婴都只能吃洋芋和荞粑这类粗粮，七八岁的孩子，还是赤条条地在红色尘埃里摸爬打滚，像一只只"小动物"在满寨里疯乐，在风雨里成长。一直到青少年时期，正是长身体，最需要营养的时候，顿顿还是只有土豆和荞粑，有时候甚至连这两样都吃不上，吃不饱。缺医少药，是那个年代每个山寨的通病，孩子遇到发烧感冒，父母只能用手摸一摸孩子的额头，把自己的脸贴在孩子的脸上，亲热和安慰一下。家境好一点的，偷偷请毕摩念一两次经。除此之外，无计可施，任其自然。那时候的娃娃活得真是很苦啊！有的甚至活不到几岁就夭折。也许是贱名者长寿的心理使然吧，父母总爱把孩子健康吉祥的希望寄托于一些俗不可耐的名字，于是，许多家里的父母给自己孩子取上诸如伟惹（猪娃）、克惹（狗娃）、勒惹（牛娃）、洋芋惹（土豆娃）、扎莫惹（讨饭娃）、阿比嫫（弱女孩）的名字。但这些凡俗的名字在那个艰难困苦的年代，终究也成不了灵丹妙药，不能保全父母的良苦用心和这些孩子的性命，寨里依然有孩子在夭折。

　　孩子是父母的心尖肉，是心肝宝贝，父母为了自己的孩子，真叫殚精竭虑。父母又想到借猎物来保佑自己的孩子，因为山里人认为，万物有灵，猎物的护神最厉害，是各种鬼神和疾病的克星。那时候，我们的故乡，西部凉山觉克瓦吾山下的猎物被一群群陌生的伐木工人的伐木声和树木被砍伐后的荒凉逼至远远的大山深处，寨子周围方圆几公里的山野光秃秃的，见不到几棵树，不要说是麂子獐子，就连平时最为常见的兔子和雉鸡也很少见。寨里的男人们，只好三五成群，挎上猎枪，背上燕麦皮囊，带着猎狗，翻山越岭到很远的地方去打猎。在大山深处转悠十天半月后，总是带回几坨煮熟的猎肉。那时候生活艰难，几个月甚至半年都沾不上一口油荤，也许是物以稀为贵，我也不知道那是什么猎肉，但我深深记得那珍贵的猎肉吃起来极其鲜美，每吃一次，就当打一次牙祭，至今令我记忆犹新。尤其是每次当他们猎获一只公獐，说是它的麝香可以给孩子避邪，预防感冒和各种传染疾病，把珍贵的麝香分散装在黑色的旧布里，缝成一颗颗小圆球，就像一颗颗板栗，缝在孩子的帽子上、衣领上。我们这些孩子被父母背着抱着，或自己玩乐时，无论是在白天聚众热闹的场合，还是在晚上的火塘边，我们身上的麝香散发出一阵阵刺鼻的野味、苦香味，甚至我们所到之处，都弥漫这样的野味。

　　我第一次带上麝香，进出于院门时，院里的狗也许是闻到了雄麝的野兽气味，仿佛着了魔，突然翘起尾巴，甚至朝天狂吠，在满院里狂跑，气氛骤然紧张。这样的麝香就像一堵厚实的墙，把邪气和各种疾病拒之于孩子的身外。

　　每次猎获一只公獐或公野猪，父亲们把月牙形的獠牙取下，磨得锃亮，同样缝挂在孩子的帽上或衣襟上，有的是一根，有的是几根牙穿在一起，只要孩子一动，它们就在孩子的头上或胸前晃荡，发出金属撞击的声音，悦耳动听，也起着一种装饰作用。叫孩子带上这样的猎物牙，其目的依然是驱鬼避邪，保佑孩子。因此可以说，那时候，我们山里的孩子是生活在动物的守护中。

　　而现在的孩子呢，一生下来，就被严严实实裹着，吹不到一丝风，淋不到一滴雨，还被取上了本民族十分儒雅的乳名，比如阿萨、阿达、阿合、乌嘎、乌且、乌几等。他们的汉族名字也十分高雅，带有寓意非常好的字词，有的还模仿一些名人明星的名字。娃娃一旦出生，父母总是给娃娃买最好吃的，买最漂亮的衣服，几乎一天换一套，孩子的玩具也是琳琅满目。除此之外，现在的孩子只要一发烧，出现一点小咳嗽或流点小鼻涕，父母就急忙抱着孩子往医院里跑，喂药，打针，大家早已遗忘了猎物的存在，恰恰让猎物在被人们遗忘的世界里繁衍成长。

现在国家明文规定禁伐禁猎，大兴环境保护之风，许多山里人家也用上了电，不再烧柴。现在的故乡，不管走到哪里，家家户户屋前屋后栽满苹果、梨子、核桃、花椒树，每到夏天，成片绿色的果树包围着整片寨子。随着国家禁伐力度不断加强，一片片森林逐渐向山寨靠近，历来把森林作为屏障，作为家园生活的麂子、獐子和野猪们也渐渐向寨子靠拢，常常出没于寨子附近的山野上。

白天，人们在山地上劳作时，在林边地埂上又能看见兔子和雉鸡在奔跑，还能看见麂子和野猪大摇大摆从山道上走过。一群群野猪闯进附近的庄稼地，把土豆、玉米、荞麦和燕麦拱得底朝天，可人们几乎失去了猎撵的念头，忘记了捕猎。夜里，猎物们在寨子周边游荡，翌日早晨，常常能在房屋周围发现它们重重叠叠的蹄印。

现在的猎物们，反而是越来越平和地生活在人们的守护中！

山寨及时雨

西部凉山高高的觉克瓦吾山下，我们这个诺氏家族一长串家谱和几十代人的历史上，我不知道曾举行过几次家族会，但我见证并参与过的有两次。

第一次是在十年前的春节期间。

那时候，整个族群安居在祖辈们开辟的那片土地上，稠密的寨子与古老而不知疲惫的荞麦地、洋芋地相依为命，家家户户丰衣足食，无忧无虑。

但在我这双总爱挑剔的眼里，家族的瑕疵也并不少。比如，当时的阿普依合（爷爷）膝下已有五六十户人家三百多位亲人，这像一棵小果树长成了一棵枝繁叶茂、郁郁葱葱的大果树。

但是，这群亲人中，读书认字的人，扳起指头也数不出几个来。在城里工作的人，更是屈指可数，只有我和另外两个侄子，仿佛这棵期待已久的大果树，最终只结下了两三颗果子，多少让人有些失望。

举目整个族群，正在读小学、初中和高中的学生娃也寥寥无几。那些日子，每次回到老家，山路两边随处可见成群本该读书的孩子在放猪放牛和拾柴劳作，我的责任心和自尊心，一次次地被这些没有进校读书的孩子打击。

亲人们不谋而合地意识到，召集一次家族会，势在必行，甚至已经到了刻不容缓的地步。这个背景决定了那次家族会的主题——勤劳致富，千方百计送子女读书。

尽管已是深冬，那天的天气很好，早晨天空一片湛蓝，万里无云。吃过早饭，伴随着温暖阳光的脚步，所有的亲人来到我们家屋背后那堆小山似的荞麦秸秆周围，很快坐成了黑压压的一大片。

起初，大家只顾埋头抽烟和拉家常，相互观望，就是不肯开腔说话，沉默一片，甚至能感觉到周围人的心脏在跳动。

到了午后，大家发言的热情被有限的忍耐力和家族的责任感催生了，甚至是激情高涨，一发而不可收。父母们纷纷发誓，无论如何，要勤俭节约，好好养猪养鸡，勤劳耕种，哪怕是砸锅卖铁，勒紧裤腰带，也要把自己辍学的孩子送回学校，也要把学龄孩子送去读书，努力培养后代。

转眼，十年过去了。

十年后的今天，果然今非昔比。

整个族群，焕然一新。较之十年前，现在的寨子稀疏了许多，亲人们搬迁的脚步从未停止，许多瓦板房已被新村建设项目的白墙青瓦取而代之，灿烂耀眼。

亲人们早出晚归，勤劳致富，家家户户都六畜兴旺，家境殷实。娃娃读书这件事上，出现了你争我赶的现象，前所未有。就短短那么十来年，在城里工作的亲人已有十几个，正在读书的学生已有二十几个，这些亮眼的数据和鼓舞人心的成就，赢得了周边姻亲家族的赞誉。

今天是我所参加的第二次家族会。

今天的主题是：加强族群内部的团结，教育年轻人远离毒品，努力培养后代。近几年，族群内部各行其是和毒品已成为我们寨子的两大威胁。我对此常感到揪心、气愤和失望。

恰逢正月亲人聚会，一举两得，机会千载难逢。接到通知，我毫不犹豫带领家人，不惜翻山越岭而去。

一脚踩下刹车，颠簸了两天后，处于疲惫的自驾车，已稳稳停靠在堂兄阿牛家的屋背后。

一家人鱼贯而出。

沿着熟悉的红土巷道，绕到阿牛家的屋前，推开那扇大木门，进入院内，院坝里一片黑压压的亲人们正沐浴着阳光。

见我们进入院里，亲人们纷纷站起来迎接、问候、让位。

坐在阿牛家的院坝里，那扇简易大木门的铆榫一直吱吱嘎嘎叫个不停，前来的亲人就像一条小溪，源源不断。

十分明显，在一片热情洋溢的寒暄声中，想发言的人很多，但他们还是遵循着不可逾越的辈分和年龄。

先是堂兄乌合从一句彝族谚语入手，讲团结的重要性。他说，"人多人不羡，团结人羡慕"，大到一个国家，一个民族，小到一个家族，一个小小的家庭，团结都十分重要，一根指头捡不起一颗豆，一根筷子容易折，十根筷子很难折。

他提醒和教育在座的年轻人，千万不要去沾惹毒品，他要求年轻人要筑牢心理防线，把毒品拒之于门外，拒之于寨外。不管是谁，不管是吸还是贩，只要他沾惹毒品，所有的亲人都来啐他口水。

啐人，在我们彝族人眼中是对魔鬼的诅咒，比咒语还要可怕，大家被吓到了，氛围骤然紧张。

紧接着，发言的接力棒，自然被已按捺不住内心发言欲望的堂兄阿且接过来了。

他的发言，直截了当，在场所有的年轻人都埋下了头，有人的脸一阵红一阵白，其中的缘由不言而喻。

侄子日五惹是个读过书的人，他的发言简明扼要，言简意赅。

其余的人，你一句，我一言，有长有短，一个不落。

所有话语的锋芒直指那些喜欢捣乱和沾惹毒品的人，足见亲人们从内心深处对内讧与毒品是何等仇视。

我抬起头，轻轻环顾四周，依然一片静默。一张张朴实而憨厚的面孔朝向说话的人，目不转睛，让这些字字句句都像甘霖的话语，尽情地浇淋自己干枯的心田。

或许是因为好久没有置身亲人中，我闻到他们身上炊烟与泥土的气息，那么新鲜，那么亲切，仿佛是童年在父亲的怀抱中嗅到的一样。他们一番番真诚朴实的话语，让我这个平时算是爱斥责孩子的父亲也接受了一次教育，重温了当年父母亲的亲切教诲。

闪烁在大地上的星宿

午后,我们告别了山寨,告别了亲人。亲人们在寨边送别,回眸里,他们像一群雕塑,稳稳矗立在寨旁,矗立在夕阳下,矗立在故乡的土地上。

在返回的山路上,我不停地承受迎面而来的不可抗拒的颠簸,可我的心情由揪心、气愤和失望逐渐变成了平静,甚至是踏实。

闪烁在大地上的星宿

天刚擦黑,喧嚣了一天的城市渐渐归于宁静。我正坐在西昌家里的沙发上聚精会神看电视,不料手机急促地响起,是二弟从山里老家打来的,说是三弟媳妇在盐源县城神秘失踪,这已经是第五天了。

已经是第五天。我在想,恐怕人已经凶多吉少了。

我立马想起平时赌博成瘾的三弟乌惹。我觉得,十有八九又是他惹出了什么祸,把媳妇气走了。我感到一阵沉重,全然忘记了眼前电视里正在播放的精彩节目。

这个不幸的消息一经二弟的嘴里传出来,传播速度比起山上飞翔的山鹰还要快。通过电话,通过短信,通过铺天盖地的微信,消息一刻也没有停步,很快传遍了远在西部凉山觉克瓦吾山,传遍了所有亲戚,牵动了那里所有人的心。我们无不感到惊讶、担心,甚至心急如焚!

之后,自然也就想到了要寻人的事。

翌日早晨,我也从西昌匆匆赶回盐源老家,参与了这场在故乡历史上空前的寻人。

我们通过当地媒体和微信群寻人。富有同情心的觉克瓦吾山下的人,没有召集任何会议,没有采取任何宣传手段,没有提及任何报酬,除了老弱病残和孩子们留守家园,大大小小、男男女女,将近一千来号人,代表着一千来户人家,闻讯后,自愿自发,纷纷赶到镇上。有人赶班车,有人搭便车,有人骑摩托,甚至有人徒步赶来,各显神通,沿着到县城的那条林中土路,一步一步，一处一处，一路搜寻而来。

当我匆忙赶到盐源县城时，寻人的人群朝着县城铺天盖地而来，如潮水般，很快席卷了盐源大地。

这已经是第六天了。

一见面，有人便招呼："乌萨，你也来了！"

我说："还能不来吗！"

我问他们到底是怎么一回事。

亲戚们说："乌惹把手机关掉，躲在县城旅馆里打牌，他妻子跑到县城来找他，联系不到人，她就失踪了。"果然不出我所料。

我一一对他们表示感谢，他们都说，没有什么，应该的。

虽说时间已经是三月初，可春寒料峭。盐源盆地四周高高的山顶上仍然积雪茫茫，一旦有风吹来，总是裹挟着寒气，街上的行人不少还裹着羽绒服。可我看眼前这些来寻人的，有的人随便穿了一件外套，有的人穿得十分单薄，有的人就连保暖内衣也没有穿，可能接到人失踪的不幸消息后，连一件披毡也来不及披在身上就匆匆出门了。

这些人，个个显得筋疲力尽。一阵带着寒意的风从我们身上掠过，他们有的在打颤，有的紧缩着肩膀。我产生了恻隐之心。

从三月初到四月初，这些人一直在全力以赴寻人。

整整一个月啊！这一大群人，不分早晚，不顾饥寒，不怕路遥，或徒步，或搭车，翻山越岭，钻云破雾，风餐露宿，逢人就问，逢街逢寨就寻找。有的长时间在外面忍饥挨饿，闹出了胃病；有的徒步跨乡跨县，甚至跨州跨省，走酸走肿了脚，疲惫不堪，累坏了身子；有的不顾家中老人小孩，在外面受尽种种艰辛。但没有一个人中途退缩，没有一个人发出半句怨言，各自把这些辛劳全掩藏在内心深处。

那段时间，正值春天。家乡的村村寨寨、家家户户本应忙于春耕播种，种荞麦、种洋芋。这些荞麦和洋芋，早一天种下去和晚一天种下去，收获时是天壤之别，而眼下已经晚种了那么长的时间，今年的荞麦和洋芋肯定是减产许多，损失不可估量。可没有人去想这些，没有人去计算和计较其中的损失。有的人这段时间本该忙于放牧，鲜嫩的牧草刚刚冒出来，应该赶着自己的牛羊，到处寻找鲜草。觉克瓦吾山下的这些人就这样放弃了各自的家务，放弃所有的活计。

他们都觉得，这是人命关天的大事。

直到那天，就在县城下方，离公路较远的一条林沟里，一个十分隐蔽的地方，一个牧羊人发现一具女尸，几经辨认后，确认是三弟媳妇。旁边还有两个孤独的空瓶，推断是装敌敌畏的瓶子，她可能是服毒自杀。寻人的脚步这才完全停住。

一个电话，一个微信或一个短信，接到噩耗，顷刻间，亲人们从四面八方寻人的路上折回，纷纷来到那片密林，亲人们泪雨滂沱，搅得整片密林天昏地暗。

一个月前还是个好端端、活生生的女人，此刻却变成了一具冰冷的尸首。

那是人命啊！她不仅是三弟的媳妇，还是舅舅的女儿。原以为，三弟媳妇的叔父和弟兄们见到自己亲人的尸首，会冲动，会失去理智，我担心双方发生冲突。至少也要逼我们给个说法，否则不准动尸、不准抬人、不准火化。可眼前的事实恰恰与我的预想相反，我们的担心是多余的。看见自己亲人的尸体，她的叔父兄妹们个个流着眼泪说："尸首一刻也不能停放，赶快火化。"事实上，他们比我们着急得多。

于是，由七八个家族构成的这一千来号人，这支的庞大寻人队伍，个个怀着悲伤，含着眼泪，迅速从四周荆棘丛生的密林里，捡些干柴，很快堆成了好大一堆，七手八脚把三弟媳妇的尸首抬上柴垛，把她就地火化在那片林中空地上。

这支庞大的队伍，又劳累了一整天，失去亲人的悲痛再加上连日来的辛劳，感到于心不忍。晚上，部分人不得不赶回了各自家里，剩下的还有一半多人，在我们准备的宴席上，个个显得精疲力竭，一片沉默。

到了酒席开始的时候，这些人终于恢复了一些精神。

我怀着歉疚、怜悯和无比感激的心情，叫上几个兄弟，端起酒杯，逐一向他们敬酒。对他们一个月以来的不辞辛劳，表示真诚歉意和感谢。这些亲人，有的是直系亲属，有的没有什么直接亲戚关系，一个个都在用彝话应道："我们是人类，不是另类，更不是畜类，在觉克瓦吾山下，谁家遭遇什么不幸，其他家族的人都会伸出援助的手，不会是袖手旁观，历来都这样，这是最起码的。"发自肺腑的话语让我无言以对，唯有感动。

在眼下这个物欲横流，亲兄弟明算账，金钱至上的时代，在动辄计工计酬劳的背景下，眼前这些来自老家的山里人，在整整一个月的辛劳面前，丝毫也不为金钱所动，不埋怨自己家里的损失，都觉得是义务和责任所在，所有人的嘴里只有一句话："不必客气。"这不得不让我这个来自城里，来自利益至上的环境中，靠自己工作的回报来过日子的人肃然起敬。我对他们佩服得五体投地。

抚今追昔，觉克瓦吾山下，那片高矮不平的山野，较之我所走过的其他许多地方，环境并不美好，土地并不肥沃，物产也不算特别丰富。每年冬天，这里甚至有几分荒凉。产自外地的化肥和地膜还未来到这个穷乡僻壤以前，这里只适宜简单种植荞麦与洋芋，少量的玉米和燕麦，产量年年不尽人意。但就是在这么一方几分贫瘠的山野上，长久以来，哪怕是狂风暴雨，大雪纷飞。哪怕是动荡不安的年代，这七八个家族，一直被彼此相连的血脉和朴实无华的民风牢牢筑成几个相邻的山寨，岿然不动。

觉克瓦吾山下的人同甘共苦、患难与共的历史，的确是由来已久。

不说久远，回到过去苦不堪言的日子里，每年三四月青黄不接，觉克瓦吾山下的人们只要是家里断粮了，立马把口袋挎在肩上，相互借粮，只问有没有粮，从来不问舍不舍得。借粮的人跨进门来，家里哪怕只有半斗存粮，也不可能藏着掖着。由此，在我的记忆里，在我们的觉克瓦吾山下，在这些彼此相连的寨子里，历来没有一具饿殍。

除此之外，从我记事起，勒紧裤腰带供孩子读书，崇尚读书的风气也陆续进入了这些寨子。尤其是我的舅舅寨，父母为了孩子读书，早出晚归，披星戴月，省吃俭用，卖牛卖羊的生动故事在这些寨子里比比皆是。要是谁家的孩子考上了外面的好学校，亲戚们奔走相告，如一阵阵春风，很快把喜讯传遍所有寨子，传遍所有的亲人。得到喜讯的人们，趁早晚或抽空去道贺，去分享那份喜悦。每次离开前，往往从衣兜里轻轻拿出几张已揣旧的钱，哪怕只有一把零钱，也全都递给考上学校的孩子，以资祝贺与鼓励，表示心意。

要是谁家有个病人，只要听说，哪怕再穷，身无分文，也要提上两斤白酒，或从鸡窝里捡上几颗还有余温的蛋去探望。在病人身边坐一坐，说上几句知疼知热的话，给病人一些安慰，对缺医少药的病人，无疑也是一种莫大的精神安慰。

特别是遇到丧事，面对悲痛欲绝的逝者亲属，这些人更显得朴实，个个都显露出悲天悯人的情怀。所有前来赶丧者的吃住，被邻居义不容辞承接。前来赶丧的人，有的提酒，有的捐粮，有的牵羊牵牛来，那是倾囊相助啊！白天一片黑压压的赶丧人群，到了夜晚，三五人一拨，分宿邻居家，化整为零。他们总是把别人的悲伤扛在自己肩上，一次次让逝者亲属感受到亲人的温暖，人间的友爱和同甘共苦的古风。

觉克瓦吾山下这些古朴的山寨，白天远远望去，就像一簇簇蘑菇群，白墙红瓦，在明亮的阳光下灿烂耀眼。

每到夜里，点点灯火，无论从什么地方望去，仿佛是闪烁在大地上的星宿，星宿里的人们，心心相印，即使在寒冷的冬夜，这些人也会凭借自身的微弱之光，彼此照耀，彼此温暖，相依为命。

这里的人一直待人谦和，彬彬有礼。

这里的人心中永远惦记着他人，怀有大爱。

就说三弟媳妇被火葬后的翌日早晨，初春迷人的阳光洒在西部凉山高原盆地上，眼前这座高原县城已进入一片灿烂，本该个个怀着美好的心情迎接这一天，但这些人依然沉浸在失去亲人的悲痛中，还在等待善后事宜。

三弟媳妇的亲属，我称呼他（她）们舅舅的、娘娘的、表兄表弟表姐表妹的，还有些年轻的晚辈，几百号人，几乎都是陌生面孔，个个又怀恨又悲伤，早早来到城郊一家僻静的农家院坝，与早在这里静坐等候的我们，明显坐成黑压压的两大群，双方形成对峙的阵势。

对方一来就气势汹汹。

人群里，一些鲁莽的年轻人摩拳擦掌，想要动粗，空气中弥漫着一触即发的紧张气氛。为了避免发生冲突，有好几个其他家族的热心人，受双方的委托，一直在不停地斡旋。

失去亲人的悲痛和对三弟的怨恨，弟媳那方的亲人隔了整整一夜之后，依然怒气未消，在眼前这个正在作调解的场合，讥讽、责备、挑衅的话语不断。

对方有人直言不讳："人没有了，拿钱来。"

有人说："这事全怪三弟，他该偿命。"

更有甚者，被愤怒冲昏了头，说些不着边际的话："把我们的人找出来，原原本本地退还给我们。"

……

对方的人群里，各种愤怒的声音此起彼伏。

是呀！回想事情的原委，的确是怪三弟，他有不可推卸的责任。他少不更事，赌博成瘾，执迷不悟，气走了自己的妻子，逼她选择了自尽。

眼看双方的火气像一堆枯柴，随时都有可能被点燃，有可能燃成熊熊烈火。在紧要关头，德高望重，一直坐在旁边沉默不语的舅舅出场了。他一边擦眼泪，一边说："谁也无须多言，我们从祖辈起就居住在觉克瓦吾山下的十来个家族，即使不是亲戚，也是熟人，是邻居，胜似亲戚，彼此从来没有红过脸，一直相互尊重。看在姻亲面子上，看在外孙儿、外孙女三个孩子的分上，不予追究了。否则，我们的侄女为什么平白无故服毒身亡，一条人命啊！难道我的外甥没有一定责任吗？抵命，或赔偿几十万元也不为过，但这又有什么用呢？能让我们侄女活过来么？"他的这番金子般珍贵的肺腑之言，扭转了眼前僵持的局面。舅舅的这番话，仿佛是一剂良药，医治了双方布满创伤的心灵。

双方在场的亲人听了舅舅的这番话，都在不停地点头示意，表示赞同。

他的这番话，字字句句深入了我们的内心。像一击击雷声，深深镇住了正在喧哗争吵的亲人们，迫使他们静静聆听。

舅舅这番话，也像初春的阳光，融化了我们双方内心的冰块，彼此遥远的心灵距离一下子被他的这番话拉近了。

"一人值一马,一马值一杯,一杯值一句。"正如这句彝族谚语所说。舅舅的话起了作用。

至此,我们两家亲族,在舅舅的感化和调解人的调和下,不仅相安无事,紧张的气氛也渐渐变得平和。双方亲人纷纷挨近坐近了,开始亲切地称呼彼此的名字,很快回到过去的亲情里。

在这片洋溢亲情的人群里,有的人在交心谈心,有的人以亲戚的身份语重心长地教育三弟,有些老人和女人抱成一堆,哭成一团,泪流满面。

想起三弟媳妇的音容笑貌,想起她的勤劳持家,想起被她抛下的三个儿女,面对眼前的场面,我十分激动,泪流不止。

天上的太阳见证了这一切。

午后,就连夕阳也怀着依恋之情,不断回望,三步一回头,最后才依依不舍地走向西山。

所有前来参加调解的人,尤其是格布家的人,依依不舍地离开了我们,有的甚至在门口与三弟抱哭成一团,久久不肯放手。

当他们全走出我泪水模糊的目光时,一阵突如其来的旋风从眼前人群离开的地方腾起,慢慢移到别处。我突然感到一阵清冷从四周袭来,觉得他们带走了我的一切,只给我留下了一具躯壳,我甚至觉得这个世上只剩下我一人,内心顿时变得空落落的,充满了空前的孤独与寂寞。

闪烁在大地上的星宿

舅舅寨的憧憬

在我们那些古朴宁静,甚至貌似闲散的山寨里,其实,每户人家,在不同的季节里,都在忙着不同的事。有的忙于饲养牛羊,有的忙于经营果园,有的忙于栽种或收获农作物。

而我的舅舅们,一年四季仿佛一直忙于孩子们的事。

即使好不容易盼来了一年一度的彝历年,也是如此。

有一年彝历年的头天,家家户户都忙着磨刀、打扫屋里屋外、清洗锅碗瓢盆、在屋前挖灶、准备燎猪毛的蕨基草和干松叶,张罗第二天过年,整个寨子洋溢一片喜庆,高高兴兴迎新年。

其中,唯有一个舅舅家却有些特别,他家没有任何过节喜庆的迹象,家里一片宁静。

到了夜里,一家人围着火塘闷坐,一个个显得焦躁不安。

作为一家之主,舅舅坐在火塘内侧上方,一边抠脑壳,一边吞云吐雾,眼睛却一直盯着火塘下方的门口,像是在期待着什么东西出现。两个儿子都在读大学,两兄弟几学期下来,花去了家里所有积蓄,还需继续花钱。眼下家里再也没有一粒粮可卖,没有一只鸡可卖,能借钱的地方都借过了,舅舅和舅母已无脸再去借,但两个娃娃要读书,怎么办?想着想着,舅舅的眼睛一亮,仿佛忽然想起了什么,原来舅舅确是想起了家里唯一的过年猪,打起了过年猪的主意。

他看着火塘四周每个人的脸,顾不上这几张一年来几乎没沾过一口油荤、正在馋肉的嘴，顾不上对舅母和几个孩子的怜悯，毅然做出了一个让全家人惊讶的决定："今年咱家不过年。"

"今年不过年？"舅母问。

舅舅说："是。"

"为什么？"

"要卖过年猪。"

盼星星，盼月亮，好不容易，终于盼来了彝历年，舅舅这么一说，火塘四周的眼睛全瞪大了，然后是一片失望，一片唉声叹气，沉沉覆盖了一家人一年来所有的希望和眼前节日的喜悦。

这一夜，舅母、几个表兄妹都辗转反侧，难以入眠。

翌日早晨，当祥和美丽的阳光照遍山野，整个寨子炊烟弥漫。过年了，杀猪时的叫声此起彼伏。可唯有这个舅舅家还是一片宁静。

一大早，舅舅怀着几分歉疚的心，不顾家人的可怜和亲人们的劝阻，牵着那头喂得肥头肥脑的过年猪，执意往镇上走去。

这头猪也仿佛理解了家里正面临的难处和舅舅的心事，十分听话，一直乖乖地往前走。

这时，也许舅舅的心里会感到轻松，因为两个儿子的学费有了着落，他终于不用担心了！而舅母和几个表兄妹呢，簇拥在一起，站在门前，怀着失望、愁苦的心情，一直眼巴巴地望着舅舅和过年猪从寨子下方的山路上渐渐消失，一同带走的还有对过年的期盼。

我的舅舅寨，同样位于西部凉山高高的觉克瓦吾山下，距离我们的寨子也不过才六七公里。

在我很小的时候，有年冬天，母亲第一次带我去了舅舅寨。那天，天蓝蓝的，是个好天气。一路上，好奇和兴奋一直伴随着我，我不觉得累，不一会儿，母亲和我便到了舅舅寨。

我的舅舅们汉族姓氏为马，彝族姓氏是格布，是雅格舒布大家族中，永特比虎支系。几十户人家，就像是一簇蘑菇，相依而成一个大寨子，彝语地名叫盐圈拉达，汉语地名叫羊圈沟。

单就居住环境而言，这里仿佛是上帝的恩赐。一条四季清凉的小溪从山脚流出，日夜蜿蜒向南奔流。潺潺溪流两岸，树木郁郁葱葱，绿树掩映下，是一间间古朴的泥屋瓦板房。小溪仿佛是大山深处的乳汁，一直滋养两岸的花草树木、土地和舅舅寨里的亲人们，不言而喻，那是一处富有诗情画意且理想的栖居地。

夜里，在一个平时与我家走得比较近的舅舅家，母亲和我的到来引来了满屋热情好客的亲人，火塘四周围满了人。

我俩带去的少量宝贵的白酒，被倒进几个小杯子，顿时，满屋美酒飘香。你一口我一口，酒少人多，有的只是拿杯口抿一下，润润嘴。

有限的酒杯，就像几只蝴蝶，从这只手飞到那只手，从这张嘴飞到那张嘴，从前排飞到后排，从后排飞到前排。

一会儿，有舅舅起了醉意，喧哗声彼此起伏。但他们还是始终把自己的激情克制在十分礼貌的范围内。席间，有的在聊亲戚，有的在聊趣事，有的在聊牲畜及生产生活。

有舅舅两杯酒上头后，起了诗兴，聊天中不时穿插两三句朗朗上口的彝族谚语。

其中有个舅舅让我至今还难以忘怀。他别出心裁，率先说起了汉语："美不美故乡水，亲不亲故乡人。""进山识鸟音，进水知鱼性。"……

我听得断断续续，但足让母亲我俩耳目为之一新，心生敬仰，我还在幼小的心里疑虑，他怎么会懂那么多汉族谚语呢？文化水平那么高，难道他不是彝族，是汉族？

当时，我还不知道世上有《增广贤文》。我甚至有些自私地想，如此厉害、令人敬佩和羡慕的舅舅，为啥不居住在我们的寨子里，而是别个寨子的人，是别人的荣耀呢？

从那时起，我就觉得，舅舅们有别于我们寨子里的人。

我不是在夸张，也不是在瞎说，更不是在故意拔高。我记得我们寨子里那些与我的舅舅寨毫无瓜葛的人们，只要提起我的舅舅寨，无不喜形于色。因为那时候，在我们的寨子里，扳起指头数，怎么数也数不出两个读书人，更不敢奢望有什么人在城里工作；而舅舅寨呢，那时已经有了读书的人，有当兵回来的，有工人，有老师。在我幼小的心里，我们的寨子是无法与舅舅寨相提并论的。

偶尔，我随父亲或母亲去一趟镇上赶场，看见街上来来往往的人群里，多半的人要么是衣衫褴褛，要么是蓬头垢面，满身斑驳。但其中也有个别干净的人。这时候，父母常常指着那些身上干净的人，对我说，这个穿戴干净的人是你舅舅寨里来的亲戚，你该叫他什么？那些一身干净的人，几乎都是来自舅舅寨里的亲戚们，他们一个个不寒碜，穿得称称展展（整整齐齐），浑身上下干干净净，再加上是亲戚，横看竖看，我怎么看都顺眼，觉得给自己也长了几分脸面。

只要稍加留意，从那些坐在街头巷尾，做小本生意的人身上，同样也能看出他那个地方的现实。舅舅寨来的人，有的在卖苹果，有的在卖梨子，有的在卖鸡卖猪。而我们寨里的人呢，那时候，只知道去卖点皮张、药材、干柴、松果之类的山货。

我和两三户亲戚家的孩子，在我们寨里所有孩子中鹤立鸡群，在乡里读小学时，我每天都能看见舅舅寨里一大群孩子走进学校。下午放学，又是一大群一大群地走出校门，我们总是在那条河边分开。我们稀稀拉拉朝左边的山上走去，他们大群大群地依河边而上，一路欢歌笑语。这时，我总是傻乎乎地站在他们后边羡慕、思索：舅舅寨怎么会有那么多孩子在读书呢？夜里在火塘边闲坐时，我把自己白天看到的情形从头到尾讲述给父亲听，他说："你的舅舅们早已知道让你的表哥表姐们读书，还形成了互相学、互相攀比的好风气。"原来，那时候，他们已有了竞争意识。

到了20世纪80年代初，当时我已经初中毕业了。改革开放的春风吹进了我们山里，吹醒了一个个沉睡的山寨。山村实行包产到户，寨里的亲人们忙于追逐致富梦，把自己读书的孩子纷纷喊回家，放牧牛羊，种庄稼，我属于当时的"幸存者"。那些有千把元钱的人家，也只会用一块布把钱包得严严实实，压在箱底以备不时之需。

与之相反，六七公里外的舅舅寨里的舅舅们就有先见之明。那时候，他们除了同样专心于放牧、勤劳耕种外，还早出晚归，栉风沐雨，卖猪卖鸡卖粮食，丢下一文不值的面子，四处借钱，还常常借到我们的寨子里。他们不辞辛劳挣钱、不在乎脸面借钱干什么？他们是为了供孩子读书，每次都是提前凑足孩子的学费，这与我们其他寨里的人是反其道而行之，让我们其他寨子的人难以理解！

　　孩子们的学习劲头和效果也截然不同。我们寨子的学生读书三天打鱼，两天晒网，逃学辍学是常有的事，一个个成绩也总是不见好，许多孩子在读书的山路上，往往是半途而废。而在舅舅寨，看外表，那些孩子与我们也没有什么两样，可他（她）们总是那么喜欢读书，几乎没有逃学辍学的事，孩子们也争气，没有一个学生半途而废。由此，舅舅寨里的孩子们，学习成绩总是遥遥领先，毕业后考上一个又一个，逼得父母不得不去想方设法，千方百计为孩子的前程着想。

　　在我们山村，每年七八月，对于每个有孩子读书的家庭是一道坎，需要为孩子准备这样那样的费用。有的人家筹足了费用，迈过了这道坎，孩子能如期去读书，孩子就有前途；有的人家没有筹足费用，没有能迈过这道坎，或是没有把孩子读书当一回事，孩子就前功尽弃，无功而返。

　　那个被我们这些外甥尊称为俄果的舅舅家，听说当时家里有三个儿子都在读书，老大老二读大学，老三在本县城读高中。

　　一年秋季，开学的日子已迫在眉睫，三个孩子的书费、学费、路费、生活费，合计又是一大笔钱，就像一块巨石，沉沉压在俄果和舅母的心上。那段日子，一家人为此烦恼。

　　舅舅和舅母面临着两大问题与考验：要么家中继续缺乏劳动力，过着清贫的生活，让孩子读书；要么牺牲孩子的前程，让孩子回来劳动，缓解父母的双重压力。是让老大去读书，把老二老三喊回来劳动，还是保住老大老二，把老三喊回来？看来，老二继续读书有点悬，很明显，老三读书似乎已经是无望了。

　　而作为孩子的父亲，俄果经过一番深思熟虑，真是不甘心让自己的儿子就这样半途而废啊！可他看看自己眼前这个家，已经不剩一只鸡，不剩一头小猪，左看右看，左思右想，只有几块有限的土地，只有屋前屋后的柴堆，只有一座年头已久的泥屋以及屋里的锅碗瓢盆，都是一些不值钱的东西，谁要？稍稍值钱的，只有家里的这头独耕牛。

这位舅舅想起了家里的独耕牛。

在我们山里，一家人开荒种地，秋天翻地，土地施肥，全靠一头耕牛。

舅舅家的这头耕牛，是一家人的全部希望所在。而且，山里的一户农家，动了独耕牛，那就要败家。言下之意，一头耕牛对于一户山里人家非同小可，说白了，它就是一家人的命根子。

舅舅自己虽然没有文化，却心知肚明。他认为，在过去的年代，土地、耕牛才是山里人的命根子，可现在是新时代，新时代有新时代的特点，他越来越觉得，人的文化素质才是人的命根子。

这位舅舅权衡利弊，觉得土地可以自己慢慢挖，种地可以用锄头，孩子读书的事却一天也不能耽误，机不可失。于是，这位舅舅不仅打起了牛的主意，而且也在内心做好了自己替代牛耕耘的充分准备。

就在那年八月的一天，这个舅舅毅然把家里的独耕牛牵去卖了。到了秋季开学时，三兄弟高高兴兴如期去上学，尤其是有惊无险的老三感到很幸运。

自从那天，许多年内，一年四季，人们常常看见舅舅俄果站在他们家的那几块山地上，栉风沐雨，举起挖锄开荒种地翻地。

他勤劳的身影由此更加深入人心，也常让几个邻寨的人夸赞他："这才是硬汉子！"

平时勤劳治家，种粮食，养鸡养猪；到了关键时候，父母到处借钱，临时卖了过年猪，卖掉独耕牛……因此，舅舅寨的许多晚辈相继跨进了川内川外好几所大学校门，有一个曾祖父的膝下，已经有几十个孩子在山里山外走上了不同的工作岗位。在舅舅们的倾其供养下，在那些花匠一样的老师的苦心经营下，在盐圈拉达这块弹丸之地，如今长出了许多郁郁葱葱的花草树木，还长在了异地他乡，成了一道迷人的风景。

舅舅寨里的舅舅们，含辛茹苦送儿女上学校，同时，也一直保持那份朴实的感恩之心，一直对老师们心存感激，想寻机答谢。

有一年，在我们凉山州盐源县民族中学读书的十几个舅舅寨的孩子同时高中毕业，有的考上了本科，有的考上了专科，成绩稍差的几个也考上了中专。仅在一年内，舅舅寨的孩子们一次性考上了十多个，这在我们山里的许多寨子，不管是哪个家族，那都是史无前例。

孩子们没有辜负父母亲的期盼，舅舅们高兴了，不约而同想起了怎样报答老师们对自己儿女的养育之恩。他们最后商榷的结果是，一家凑几百元，一共凑足几千元，煞费苦心买了一条牛，从老远的家乡牵到县民族中学，说是要感谢校长和老师们。虽然他们的做法有悖于学校的规定，但也确实感动了校长和老师们。

知恩图报，那是一种美德。

舅舅们的创举由此从山村传到乡里、传到县里，又从县民中的许多师生口中一传十，十传百，很快在方圆几百里的县域内传成了佳话，舅舅们也由此荣获了其他家长们望尘莫及的美名。

索诺阿杜博山上的传说

凉山，是川南山多地广，山高谷深的地方。

于公于私，我常常穿行于这里的山水间，一幅幅诗意盎然的画面扑面而来，常给人美好的心情。这时候，我总联想起我们这个生生不息的民族，联想到一直伴随着我们这个民族悠远的历史文化。其中，除了卷帙浩繁的典籍，还有许多散落在山里的民间传说，它们就像繁星一样闪烁在彝族历史文化的天空中，同样一直启迪和照耀着我们的心灵。

这些传说，有的是讲我们的祖先如何智斗妖魔，有的是讲惩恶扬善，有的是讲勤劳致富；有的传说，在简单朴实的情节中含有哲学与思辨；有的传说，闪耀着智慧的光芒，给人的心灵带来启迪。

今天，由于下乡，我又一次乘车来到东部凉山高高的索诺阿杜博山（也叫龙头山）下。索诺阿杜博山地处凉山州美姑、雷波、昭觉三个彝族聚居县交界处，峡谷又窄又深，像是上帝一刀劈成。我们正穿行于这条逼仄的山谷中，两岸是刀削斧劈般的山崖，火焰般的岩壁，古老而神奇。

我想起了这里的一个传说：据说从前索诺阿杜博山上住着一家人，家里有一小群羊，有个牧羊娃，牧羊娃的父亲始终不明白"德古的名言出自放猪娃的嘴"这句俗语。何谓"德古"呢？"德古"是我们彝族民间社会生活中，集文化水平、办事能力、高尚人品于一身，主持公道，长期调解纠纷，德高望重的人。因此，他总是觉得"德古"的名言怎么可能会出自放猪娃的嘴呢，觉得那是不可能的，一直持怀疑态度。

可有一天，一家人一早便出门了，有去地里劳作的，有到对面山林里拾柴的，有到山上放牧的，到晚上全都回来了。

全家人坐在火塘边，刚刚生起火，准备支上锅，弄晚饭，突然从外面传来了看家狗急促的吠声，父亲想，莫非是有客人来？他看着牧羊娃，朝外面努了一下嘴，示意他去外面看看狗究竟在吠什么。牧羊娃夺门而出，原来是来了几个客人，牧羊娃拦住了狗，把客人领进了屋里。

几个客人一进屋就说："是我们，是我们。"对主人家十分客气，父亲出于礼貌，站起身来，看见来人都是沾亲带故的，便热情地说："稀客稀客，来客就好，来客就好。"

客人本来是有事去更远的另一个寨子，可见天色已晚，只好选择在这里留宿，准备明早再动身前往。来人刚刚落座火塘对面，牧羊娃的父亲一面热情地给他们递上兰花烟，一面与他们寒暄。

牧羊娃的母亲支上锅，正往锅里舀水，看了一眼孩子的父亲，心头在想，今晚弄一顿什么样的饭菜款待这拨人呢？

作为一家之主，牧羊娃的父亲想了想，家里实在是没有可宰杀的，没有牛，有一小群羊，其中也只有一只公羊，没有骟羊，其余均属哺乳期的母羊，有一头母猪和几头乳气未退的奶猪崽，不能待客，怎么办？几个客人是亲戚，又不是经常来，纵然其中一个人单独来做客，也该宰一头猪或一只羊，何况现在是一拨客人。唯一的办法是宰一只鸡，于是临时把准备弄一顿荞粑，煮一锅酸菜汤的计划换成了宰只鸡。

看样子客人们已经是饥肠辘辘，一家人也饿了。当牧羊娃的父亲从外面的鸡笼里抓来一只公鸡，正准备宰杀时，几个客人出于礼节和怜悯主人家，纷纷起来劝阻，说是随便弄一顿粗茶淡饭就好了，又不是生人，也不是新来的贵客，不必客气。客人的诚心相劝拗不过牧羊娃父亲的热情与执意，他很快把鸡宰杀了，把毛刮了，在火苗上燎成金黄黄的，然后坎成坨坨，煮了一锅鸡肉。

外面的天渐渐黑了，青冈棒烧着的锅咕嘟作响。不一会儿，锅里的荞粑和鸡肉熟了，父亲把鸡肉和荞粑捞上来，在鸡肉上撒了一些盐巴。

可眼前的鸡肉少，客人多，怎么办？父亲二话不说，还是以先满足客人为重，连汤带肉，热气腾腾，全盘端在客人面前。这也是我们彝家山寨历来独特的待客规矩，先让宾客用餐，主人等待客人吃剩才吃。见此，几个客人同时说，你们主人家怎么不吃呢？牧羊娃的父亲说，我们待会儿吃。他们又说，那么还有娃娃呢？父亲看着牧羊娃说，长大后，他能吃得起多少，意思是现在无须为他考虑。牧羊娃听到这句话，看看自己的父亲，又看看客人们，眼睛一闪一闪的，似乎在心里想起了什么，想说点什么，可他没有把话说出来，而是咽了回去。这恰恰让客人觉得十分尴尬，额头直冒汗，匆忙结束了这一顿饭。

越野车一直在山谷中穿行，车内是震耳欲聋的轰鸣声，可阻挠不了我的回想。

在过去，在我们彝族人的饮食文化中，孩子总是被人看不上眼，在喝酒吃肉的场合，有一句俗话叫"阿伊洛古"意思是用手抓肉给孩子，孩子可以随便打发。孩子禁吃的食物也相当多。到了我记事时，还在说，孩子不能吃猪的嘴筒肉，否则犁地时铧口会烂掉；不能吃鸡菌干，否则自己的颈部上会长出鸡菌干一样的瘤子；不能吃猪尾巴，否则做啥事都会落后于别人；不能吃羊鼻子，否则鼻子经常会流鼻涕。

其实，这些都是家畜家禽身上好的肉，吃起来最香，可为什么偏偏说孩子不能吃，大人才能吃？后来我想了又想，也许是因为那时候生活艰难，只有把父母的命保住了，孩子的命才会有希望，如果保不住父母的命，孩子的命也就无从谈起了。本质上，他们这样做也是在保孩子的命。

再回到前面的传说中。

第二天早晨，太阳刚刚爬到山上，客人们告辞了。吃了早饭，喂完猪鸡后，太阳暖洋洋地照在了这家人的房前屋后，父母便到地里去劳作了。

牧羊娃就像平常一样，打开羊圈，开始把羊赶上山，去放羊。可奇怪的是，那天，他唯独把一只小羊羔关在羊圈里，没有放出去。

放在山坡上的羊群里，母羊整天"咩咩"地叫个不停。它一直抬头，东张西望，没有心思吃草，一直在寻找自己的小羊羔。它一路"咩咩"地呼唤自己的小羊羔，那叫声飘荡在山上，回荡在深深的山谷里，叫得天旋地转，催人泪下。

同样，关在圈里的小羊羔，没有母亲在身边，孤独寂寞，思念自己的母亲，也是整天一直在圈里"咩咩"地叫唤不停，呼唤自己的母亲，就像失去母亲的孩子在呼唤，多么让人怜悯。

晚上，牧羊娃的父母先收工回到家。父亲听见圈里的小羊羔叫得死去活来，他感到十分奇怪。儿子回到家，父亲第一句便问他，今天为什么唯独把一只小羊羔留在圈里，没有放出去？它也要吃奶，不把它放出去喂草，羊羔饿了怎么办？儿子回答说，它长大后能吃得起多少。父亲惊愕了，慢慢才想起了昨夜他对儿子说的那句"长大后，他吃得起多少"的话。原来，儿子是在暗示自己的父亲不能那样说，当父亲的这才反应过来，终于明白，人们为什么说"德古的名言出自放猪娃的嘴"，这话是真的，不能说他只是个小娃娃。从那以后，父亲不再随便对孩子说什么，也不再小看娃娃了。

车终于驶出山谷，来到视野开阔的山路上，透过车窗，龙头般的索诺阿杜博山在蓝天白云下，高高昂起桀骜不驯的头颅，向世人诉说着它的高大，诉说着它的历史。我想，包括它养育出来的所有生灵和传说，也应该同样是充满历史吧。

乐在其中

一大早，还在睡梦中我就被吵醒了。我轻轻推开兄弟乌勒家的木门，站在门前，宁静而祥和的晨光早已来到眼前这个阳坡上的山寨，来到门前古朴的院坝。院内很快蓄满了阳光，所有物什被映照得异常明亮。

我也感到一身轻松，从眼睛所看到的一切到自己的内心世界，都感到无比鲜亮，心情格外愉快。

昨夜孩子们随意扔下的满地糖纸也格外闪亮。

原来，我们已经处在一年一度所盼望的彝族年里。过年是什么，过年就是对期盼的一种实现，是等待的结束。过去的一年里，无论是痛苦还是幸福，无论是烦恼还是愉快，无论是过得有意义还是无意义，统统让它过去，迎接崭新的一年。大家吃糖、抽好烟、穿新衣服、宰猪吃肉，以不去想什么名利地位的心态迎接新年，利用这段宝贵的时间，怀着淡定闲适的心态，大伙儿一起吹吹牛，聊聊天，打打小牌，饮两杯小酒，谈天说地。

兄弟媳妇带着被兴奋搅得几乎一夜没有合眼的孩子们，正在清洗库租库哦（碗筷），清扫门前院坝，把水泥院坝扫得干干净净，一尘不染。

兄弟乌勒独自拿起一把挖锄，就像往年一样在屋前的左上角挖出了一个临时性火灶，支上了家里的那口大锅，往里舀上满满的一锅清水。

这时，我站在院坝上通透明亮的阳光里，从附近传来了一帮生龙活虎、谈笑风生的年轻人的喧哗声，声音越来越近，越来越清晰。眨眼间，这群年轻人鱼贯而入，他们是前来挨家挨户帮忙杀猪的，是寨子里的"杀猪专业队"。我代表主人家迎接他们,问候寒暄的同时,我打开手中的香烟,一一给他们递上。

乌勒从屋里拿出储藏已久的酒,一杯接一杯斟上,热情地递给眼前这帮前来无偿帮忙的年轻人。他们没有人贪杯,你一口,我一口,开始品尝今年的第一杯过年酒,这酒杯叫"物揄只",就是捉猪酒,喜庆的酒香味很快在满院里飘溢开来,一阵阵飘向院外。

而此时,圈里那头还被蒙在鼓里的过年猪的末日已步步逼近。

随着太阳渐渐上升,乌勒家的院里更加热闹与繁忙。

兄弟媳妇和孩子们欢快地抱起柴来,忙于往弥漫泥土芳香的新灶里生火。这些柴与平时的不一样,这柴叫过年柴。在我们彝家山寨,每年入秋后,在父母的吩咐下,孩子们便开始有意无意地拾过年柴,在屋前屋后渐渐堆成整整齐齐的几排,再湿的柴,经过两三个月的暴晒,到了每年 11 月 20 日的彝历年,也会干透,派上用场。

看见乌勒家屋前屋后过年柴码得整整齐齐,把中间的屋子围成了一圈,美观、安稳,把冬天肆无忌惮的寒风也给挡住了,我从内心感到高兴与羡慕。

这时候,你还不能小看这些过年柴,这其中还有一定的学问。柴的数量多,码得规范、整齐、美观,意味着主人家人力足,勤劳,重视这个年。相反,若是柴堆得少,而且凌乱无序,主人家绝对是慵懒之人,也能看出这个家对这个年的随意、不重视。

这时,听见孩子在说,水开了,水开了。我朝新支起的锅灶上看去,锅里等待烫猪毛的水已经沸腾。兄弟说,可捉猪杀猪了。已经跃跃欲试的几个男青年开始撸起袖子,拿起套猪的绳,等待演绎惊心动魄的一幕。

兄弟媳妇打开圈门,猪以为是像平常一样要给自己喂食了,一头肥头肥脑的大黑猪,主动又懵懵懂懂从卷门冒出来。

也许是一直圈养,这头猪像是宝贝一样躺在圈栏里,从半年前就没有碰过一丝阳光,毛色黝黑发亮。

十多年前,同样在这个寨子里,一家人能喂出这么一头肥大的过年猪,连猪带人,绝对会受到所有邻里亲戚的连连称赞。可眼下,也许是生活有些宽裕了，殷实的人家越来越多，人们越来越喜欢喂半大的猪或养瘦猪过年，有人还常常半开玩笑地说"傻子喂笨猪"，意思是现在山寨里也有人不太喜欢吃肥肉了，喜欢瘦肉，喂出这么大一头过年猪，不一定受称赞。虽然这话多少带点幽默的成分，但也能说明在这短短十多年，山村的发展变化还是迅速的。但是，周围的邻居们，包括今天前来杀猪的这群年轻人，还是觉得兄弟媳妇勤快，养猪有方，功不可没，没有人否定兄弟媳妇的功劳，个个竖起大拇指，对她表示肯定与称赞。

兄弟媳妇一直看着自己的猪，"我这头猪从不挑食，肯吃，肯长"。她站在猪的背后自言自语，表现出舍不得，但一切已成定局。

山里孩子怕雷鸣电闪，怕疯子，怕别个寨子的狗，也怕杀猪，怕听见猪的尖叫声。

我看见兄弟家的几个孩子已远远躲在屋檐下，捂着耳朵。猪走到院坝，迫不及待的年轻人同时扑过去，有人用绳子套猪头，有人去抓猪耳朵，有人去抓猪的后腿。这头大黑猪，几个年轻男人被它拖着，在院子里转上了几圈，折腾了好一会儿，仿佛是在玩游戏，可见猪的力气之大，而几个年轻人的力量加起来没有猪的力气大，让我们旁观的人忍俊不禁。直到最后猪被拖累了，才被摁在地上，发出振聋发聩的号叫声。接着，整个寨子家家户户都开始杀猪了，猪的尖叫声此起彼伏，连成片，形成一阵一阵的声浪，盖住了寨子。

单凭声音的深沉浑厚，强弱高低，大致能估摸出这个寨子大部分的过年猪是半大猪，大肥猪还是少，也许是这个寨子里殷实的人家已占据多数吧。

彝人过年杀猪，要讲究秩序，先从辈分最高家的猪开始杀起，先是爷爷奶奶家，然后是叔叔婶婶家，儿女家，孙儿孙女家，依次下来，辈分最低家的猪，自然轮到最后来杀。

从过年猪的第一滴鲜血滴在地上，包括砍肉的过程，必须指定一名小男孩专门负责守住地上的血迹，防止鸡来啄，狗来舔食，也避免人踩踏，否则是对祖灵的不敬，直到烧肉祭祖，主人家尝了烧肉，才能放弃守护，可见我们彝人对先灵是如此崇敬，也是为了祈求祖先保佑活着的人。

正在烧开的锅上架起了两块木板，猪被七手八脚抬了上去。有人舀开水烫毛，有人刮毛，有人索性用手扯掉刮不净的毛，气氛热烈，大黑猪瞬间变成了大白猪。

黝黑的猪毛又粗又长，堆放在旁边，成了热气缭绕的一堆，却无人问津。

从前，我们读小学时，家境十分拮据，几乎食不果腹，每年过年的猪毛一根不落被我们捡去卖钱，用卖得的钱买糖买笔买作业本，我们都把猪毛当宝贝。现在的孩子已经看不上区区几毛钱了，乌勒家的篱笆墙上还堆放着往年的许多猪毛，厚厚的一层，日晒雨淋，我从内心里觉得可惜！

乌勒吩咐孩子们，快抱来干蕨茎和松毛燎猪毛了。我站在一边袖手旁观，觉得尴尬，于是也主动参与，去抱干蕨茎和松毛，那也是一种乐趣。

这些干蕨茎和松毛来自高高的山上，不同于其他的柴火，它们是燎猪毛上好的燃料。把猪毛燎尽，却不伤及皮肉，把猪皮烤好，刮出来金黄黄的，十分诱人，这样的猪肉吃起来更有一番香味。

一头过年猪，从黑变白，又从白变黄。

正在忙得不可开交时，其中有个杀猪的感叹道："阿博，你们家猪胆好得很。"并把刚刚取出的猪胆高高举在明亮的阳光下摇晃，大家的目光都投向猪胆。我看见那颗猪胆奇大，其中的胆汁金黄透亮，预示来年很好，我们都高兴了。站在远处的兄弟夫妇俩不停点头，更是满脸笑容。

过了一会儿，"烧肉好了，烧肉好了"，主人家用烧肉祭祖后，从屋里端出来一盘金灿灿的烧肉。一路随风飘来的是阵阵诱人的香味，弥漫满院。昨夜的酒有些过量，我感到有些饿，加之我们在城里的人，一年半载也很难遇上这么好的肉，顿时食欲旺盛，精神大增。

而那个一直蹲守在血迹旁，拦着鸡狗的小男孩，这才算是得到解脱，也参与到我们吃烧肉的队伍中。

南方的冬天本来就昼短夜长，尤其是过年的时间飞快，太阳的阴影很快袭来。刚才晚饭前还在闹哄哄的几个孩子，晚饭后，一个个规规矩矩坐在火塘下方，没有出声。

一家人还没有来得及保持一会儿静谧，按习俗，过年之夜在寨里挨家挨户串门喝酒的一群男人，"咿伙"地吼叫着拥进了乌勒家。一个个还没有落座，便开口要酒，然后问主人家，猪肥吗？乌勒说，肥得很呢，足有五指膘。哦，那算是肥的。他们一个个点头，表示满意。

热闹了一天的山寨渐渐归于宁静，夜色弥漫。乌勒坐在火塘上方，饶有趣味地向满屋的人说，现在过年过的是气氛和习俗，就是喝杯酒，热闹一番。说吃，你能吃得了多少？何况，"过年三天不会有吃错，婚喜三天不会有说错"。大家频频端起了酒杯，满屋一片热闹，欢乐至深夜！

十分明显，与从前过年为了满足物质欲望，解决口腹之欲的时代相比，现在过年，更多的是一种精神享受和文化领略。过年的人们，无论是大人还是小孩，都乐在其中。

亲人如光（外一篇）

来到西部凉山茫茫群山上的彭古村，站在这里的任何一处，举目四望，除了大山，还是一望无际的连绵群山。因而仅仅只对于县城，对于州府所在地的拉布俄卓而言，这里都算得上是十分偏僻了，就连当地人都认为自己是山旮旯里的人。

这里距离家和亲戚朋友很遥远，扑面而来的陌生环境和村部十分简陋的居住环境，经常停水停电的烦恼，每天早晚还要接受与刺骨寒风的较量——想到往后将在这里生活很久，我心里有一丝淡淡的绝望与惆怅，迫切打道回府的心情也油然而生。

我们三个驻村人，白天出门下村下组，入户访问。走在村道上，偶遇扛着锄头或赶着牲口的村民，或看见有村民在地头劳作，便热情主动上前开口打招呼，想套个近乎。三言两语后，村民或转身埋头劳作，或匆匆从我们身边走过，像是忙得不可开交，更像是不太想搭理人，我们只好忍住心中的不快，坚持边走边问。

有时，好不容易徒步走到零星居住的农户门前，因为事先没有告知对方，农户早已出工在外，房门紧锁，我们扑了空。等待我们的，往往是一座座宁静的院落，我们只好怀着失望，无功而返。

偶尔，有稍闲的村民逛进村部，本想机会来了，借此与之聊聊天，彼此亲近一下。当然，我们急于了解他们各自家里的情况和一些村情民意，于是怀着一片好心，急忙从屋里端来板凳，放在门前，热情邀请他们坐坐。可是说不上几句话，对方总是借故匆忙离去，竟然，与我们没有多少共同语言，甚至似乎在有意回避。

这使我自然想到了远在拉布俄卓的亲戚圈、朋友圈。

从前，到了周末或空闲时，亲戚朋友相聚在一起，喝茶聊天，哪怕是上下班的路上，街上闲逛，每天晚饭后散步，随时都会碰上许多亲人熟人，彼此招招手，打上几声招呼，问候几句，完全生活在亲戚朋友的相互关爱，相互惦记中，那是多么幸福与珍贵！

尤其是每到晚上，夜幕降临，拉布俄卓的街上灯火阑珊，喧嚣鼎沸，车水马龙，与白日没有什么两样。

而眼下，整座山梁一片沉寂。太阳落入西山后，漆黑和孤独寂寞接踵而至。一个人孤零零地坐在冰冷的床沿，痴痴望着同样孤寂的天花板，内心充满了小时候曾有过的浓浓乡愁。

倘若是在拉布俄卓温暖的家里，这时，一家人正围坐电视机前，观赏电视节目，欢声笑语，其乐融融。而眼下的境况，不要说是安心和热情工作，就是一刻我也待不下去，想立马插上翅膀，飞回家里，真叫归心似箭。这使我想起了一句谚语："亲人在哪里，哪里亮堂堂；仇人在哪里，哪里一团黑。"把亲人比喻成光明，仇人比喻成黑暗。这样的比喻虽说有失偏颇，但也不得不说有一定的道理。初来乍到，这里虽然没有什么仇人，却也没有什么亲戚朋友，没有什么熟人。这里的一切让我觉得是那么索然无味。即便是满山满村洒满阳光的日子，我的内心依旧觉得冰冷无光，心灰意冷。

可这种失望和悲伤的心情并没有困扰我多久。

彭古村，这个汉族人居多的山村，有些意外，村支书却是个彝族，他姓何，叫何伍力。

与其他的村民一样，最初，我们与何书记接触的时候并不多，总是各忙各的。过了一阵，我们彼此接触的次数逐渐变多了，我开始对他有了一些认识与了解。

提起他的过去，可以用辛酸来形容。因为贫困与家庭成分，何书记从小与读书无缘，只能靠劳动挣工分养家糊口，他渐渐成了一家人依赖的主要劳力，这倒铸就了他那强壮的体格和勤劳的品性。

他话少，做事想事周到，慢条斯理，持重老练。

在一次聊天时，欣然获知，他的姓氏是木怕吉古，属蛇，今年54岁。在拉布俄卓，这个家族与我们不是亲族吗？每次遇到婚丧嫁娶的场合，红白喜事的礼金都是筹在一块儿，是我们的本家，想到这里，我的心为之一亮，心间掠过一丝愉悦。

接下来的几次聊天，又有意外的收获。

从他的奶奶说起，他还是我母亲那面的亲戚，亲上加亲，这使我们之间的距离很快靠近了，我感觉与彭古村也靠近了一大步。

几经热情邀请，一天夜里，我们三个驻村工作队成员，坐上他的车，冒着风雪，在一面陡坡的山道上迷迷糊糊盘旋几圈后，来到他家。

他的老婆早已做好了一桌香味扑鼻的饭菜等候我们。外面寒风呼啸，雪花漫舞，可何书记家的木屋里，青冈柴燃得正旺，暖意融融。晚饭有煮肉烧肉，他还为我们斟上了一杯白酒，更让我们感到浑身暖和。与此同时，我们还进一步理出了亲戚关系，他属晚辈，是侄子，该叫我叔叔。从那一刻，我们索性把彼此的姓氏和职务都忽略不计，他亲切地叫我阿乌，我亲切地叫他伍力。

朴实善良的两口子，热情洋溢的招待，让我们宾至如归。

第一次感受到了来自这个山村的温暖，在这个一度让我失望、惆怅的山村，终于洞开了一线蓝天，看到了迷人温暖的阳光。

何书记的搭档，村委会主任，叫王德全，汉族人，高中毕业。他人精干，能言善道，做事热情主动。

王主任家住在村部附近，却在县城修了房，一家人早已搬进了县城。每次回村里，索性住到村部。他做事勤快、麻利，只要他在村部，每天起得早，天光朦胧，他就打开厨房门，劈下油柴，生火，煮茶，烧土豆，弄苦荞饼。他打酥油茶，动作麻利、娴熟。很快，阵阵浓郁的酥油茶香味扑鼻，从厨房里弥漫开来。见王主任如此勤快，我们三个也羞于站在一旁，但也只是他的辅助。

其实，我也在想，万一王主任有事，离开村部，离开我们，我们不就吃不成早饭了吗？若是这样，难道我们就不吃早饭了吗？我想到了"自己动手，丰衣足食"的道理。先是洗洗碗筷，然后不惧烟熏火燎，举起斧头劈油柴，生火、烧土豆、煮茶水，从一些简单的事情做起。不久，我的适应能力日见提高，就像是一件穿久了不愿丢弃的旧衣，俭朴的生活让我对这间小而简易的厨房逐步产生了感情。

至此，彭古村，已逐步深入我的内心。

最开始的工作热情、激情与信心也重新回到了我的身上。我在心里开始逐步谋划起未来的工作。

随着驻村工作的持续深入，我们一行人的来意、姓名，已在村民中传开。于是，有来说事的，有来论亲戚的，有单纯来玩耍的，有主动来找我们聊天的，村部开始不再寂寞。

我们把村民视为自己的兄弟姐妹，敞开胸怀，热情接纳每一位来访者。利用召开村民大会和村两委会议或随时有村民逛进村部的机会，不厌其烦地与村民们聊天，谈得十分投机。

每次我们满怀热情，入户走访，主人家同样热切地把我们迎进屋里。坐在火炉旁，在满屋的温暖中，我们交流谈心。在浓浓的炊烟气息和无比亲切的氛围中，我们接地气，就种植业、养殖业、外出打工和眼下的生活生产条件、孩子读书、如何讲究家庭与个人卫生等事情沟通交流，拉家常，彼此心灵间的沟壑逐渐被消除了，变得越来越亲近。

天涯若比邻，陌路成兄弟。不久，在彭古村，我们工作队不仅有了许多熟悉认识的面孔，就连何书记和王主任的亲戚朋友，无形中也逐渐变成了我们的亲戚朋友。住在村部附近的伍呷伍支两家反复邀请我们去做客，王主任的姐姐家总是请我们去吃晚饭，住在山脚下的藏族姑娘央青家多次挽留我们吃午饭……考虑到村民家的生活条件，不想让他们破费，许多热情与诚心的邀请都被我们谢绝了。

那以后，每天早晚，稍有空闲，有面孔熟悉，可记不起名的村民，常常走进村部。有的甚至惦记着我们的生活，自愿为我们提一袋土豆、一袋鸡蛋、一块腊肉、一筐青菜来……村民们的朴实与热情，就像一阵阵温暖的春风，唤醒了我们曾经冰冷的心。

到了三四月，在彭古村，自然界的春天还在路上，可村民们的朴实善良、热情好客，我们对村民们的包容、真诚和关爱，让彼此之间冷漠的冬天成为过去，春天早已来到我们之中，我们开始感到春天般的温暖。

亲情与友情，对一个人，一个家庭，一个民族，甚至对一个国家，同样十分重要，因为那是架设在通往彼此心里的一座座桥梁。

至此，彭古村，已经像我小时候的山寨，到处是亲戚熟人，随便进出，就像鱼儿在水里自由游动。也许是爱屋及乌吧，这里的每一户人家，每一棵树，每一寸土地，每一抔泥土，已经渐渐充满了我的爱。

无辜小男孩

每到周末，村部幼教点，其他孩子都回到各自家中父母膝下玩耍，听不见这群稚鹰般的孩子们牙牙学语，也看不见他们活蹦乱跳的身影，包括幼教点的整个村部，周末就显得极其孤寂。可有个孩子是例外，他反倒是趁节假日，整天来村部里玩。这里成了他唯一的玩处。

有村民告诉我，他是且沙家的孩子，今年6岁。

第一次见面，这孩子就引起了我的关注，我用彝语问他，叫什么名字，他向我摇头。我继续问，父亲叫啥名字，母亲叫啥名字，他同样摇头。他分明听不懂我的彝语问话，应该与平时的语言环境有关。这个村百分之八十的村民是汉族，百分之五是藏族，剩下的百分之十五才是彝族。两个年轻女教师呢，一个是汉族，另一个是藏族，平时教学用语都是汉语，他听不懂彝语，并不奇怪。于是我只好暂且叫他且沙阿伊（孩子）。

阿伊一头淡黄的柔发，白嫩的脸蛋上垢迹斑斑。他穿着小小的牛仔衣，一条黄色裤子，一双黄胶鞋。这样的穿着，比起幼教点的其他孩子，明显简单朴素了一些。

我不知道阿伊家具体住在哪里，但我知道他家住在距离村部不远的附近。

亲人如光（外一篇）

白天，阿伊总是趁我不注意来到村部。有时，他在远远的大门口，抓住大门的铁杆攀玩；有时，他爬到低矮的围墙外，"嗨，嗨，嗨"地和我招呼，和我玩恶作剧；有时，趁我不注意，他悄悄绕到屋后，躲在墙角学小狗小猫叫。我叫他到我跟前来玩，他总是躲闪着。

阿伊在村部里玩，总是玩得很晚才离开。而遇到乌云笼罩，狂风呼啸时，我为他担心，叫他赶快回家，快要下雨了，小心被雨淋，可他还是东瞧瞧西瞧瞧，笑嘻嘻地看着我。甚至没有把我的话当回事，像是不愿离去，不太想回家。我这才想起，他的家在哪里呢？原来，阿伊一直和爷爷生活在一起，他没有自己真正的家。

阿伊出生不久，便失去了家。

阿伊的父亲叫且沙体古，他只读了几年小学，辍学后，在几个熟人伙伴的唆使下，不假思索，告别了这个偏远的山村，告别了家园和父亲这个唯一的亲人，凭借几年小学所学的那点汉语汉文，懵懵懂懂去了重庆。在重庆的工地上，他匆忙结识了一个同样打工的汉族姑娘，她姓雷。他俩相恋后，千里迢迢，他把她带回西部凉山这个偏远的小山村，匆匆忙忙结了婚，生下了阿伊。

之前，雷姑娘听说大山里的人热情好客、大方朴实，这里的自然环境美好、神奇。可到了且沙体古家里，她才觉得并不完全如此。眼前的家境与此前的听说，纯粹是两个版本。这里地处偏远，交通不便捷，信息闭塞。且沙体古的家境贫寒，她此前所有的美好梦想变成了泡影，她感到失望。本来妻子对这个家就有些不太满意了，就在儿子刚满六个月的一天晚上，夫妻俩为了一些生活琐事，发生了一点口角，且沙体古不计后果，打了妻子一记耳光。她被欺负后，觉得冤枉、委屈，一气之下，翌日，她毅然抛下丈夫和正在吃奶的婴儿，跑回重庆老家，从此一去不复返。

到了阿伊一岁多时，家里条件拮据，正赶上农村实施脱贫攻坚，宣传和鼓励年轻人外出打工。且沙体古把一岁多的儿子丢给了父亲，去遥远的日石普基（普格县）打工，在那里娶了新媳妇，又生儿育女，在那边过起了自己的小日子，至今也一去不复返。

从一岁多，只有爷爷一个人，含辛茹苦，细心照顾，才把阿伊拉扯大。

在村部我见过阿伊的爷爷，他身材高大，可年事已高，走起路来颤颤巍巍，已是行将入土的人。他像是一只在大山里翱翔了一生的老鹰，如今只能停栖在大山之巅，让茫茫群山从脚下一天一天地离自己远去，这渐渐远去的，包括稚鹰般的阿伊。

整整六年的时间，在阿伊的迷糊中过去了。我问，妈妈回来看过你吗，他还是摇头。我又问，父亲去打工后，回来看过你吗，他说不知道。过了一会儿，勉强补充了一句，后来听爷爷说，我一岁多的时候，妈妈打个一次电话。

六年了，才打过一次电话。

孩子是父母的血肉，是父母的心肝宝贝，我对眼下的阿伊产生无法抑制的怜悯，也无法想象天底下还有这样的父母。此刻这才觉得，我问他父母的名字是多余的，不仅是因为他听不懂彝语，我甚至敢肯定，在他的心目中，也许就连父母模糊面孔的记忆也没有。他出生不久，便是爸爸一个家，妈妈一个家，他过早丧失了一个孩子从小在自己父母膝下应有的呵护、温暖、快乐和幸福。

阿伊真是可怜，他到底做错了什么？

有时，他悄悄溜到厨房外，恰逢我们吃午饭或晚饭，叫他进来吃饭，他不肯。我用筷子夹一坨肉给他，他只是站在那里格格地笑，也不肯接我手中的肉。偶尔递给他几颗色彩缤纷的糖果或一块糕点，他还是不肯接受，这总让我想起一句谚语："猎狗自尊不喝洗手水，穷人自尊不讨富人饭。"小小的阿伊，也许是平时爷爷言传身教，严加管理，也许是他自身的性格，真有几分"不食嗟来之食"的骨气呢。

渐渐，阿伊与我有些熟了，他不再躲闪，甚至与我有些亲近。他常常在我的身边玩。我在一旁看见他天真无忧，聚精会神的样子，心里总是特别高兴。

整个村寨的饮用水都来自海拔 4000 米的山上，枯水季节，村上停水是常有的事。幼教老师常常组织学生，端盆提壶接水备用。记得有一次，从我们住的这头接水过去,其他孩子端着小盆,或两三人提一壶,只有阿伊独自提一壶,还是一大壶,走了几步,他明显已提不动了,我们都劝他,他却不肯放弃。

他使出浑身解数,满脸通红,脖子上青筋暴起,咬紧牙关,最后,一壶沉沉的水,还是被他坚持提至幼教点,他表现出极强的自尊心,身上还有一股小小的韧劲,让我心生敬佩。

离开村部,远离且沙阿伊,回到拉布俄卓,与他天各一方的日子,我内心一直惦记着他,他在村部玩乐的身影,一直在我的脑海里晃动。

我在想,阿伊在他爷爷的呵护下生活,成长。他的母亲肯定是不回来了,父亲还会来看管他吗?倘若有一天爷爷病倒或去世了,小小阿伊的未来怎么办?他还是个孩子,他的生活怎么办,读书怎么办,谁来照顾他?等待他的命运将会是什么样的结果?一系列的问题在我脑子里打转。

同时,我也在想,要是阿伊的父母不离异,母亲不回重庆,父亲不到远方的日石普基去打工,就像其他孩子的父母,经常在家里守护着孩子,那该有多好!

想到这里,我的鼻子酸酸的,眼角潮湿了。

保持沉默

自从知道女儿有喜后，我和我的妻子、女婿、亲家公、亲家母，凡是知情的亲戚朋友们都十分高兴，见面都向她道喜。同时也开始琢磨，女儿怀的，到底是个女孩，还是个男孩？有的人说是个女孩，有的人说是个男孩，说法各异。但多数人偏信是个女孩，理由是：怀女儿，孕妇的脸蛋保持白皮细嫩，不变色；怀男孩，孕妇的脸蛋皮肤会变成灰花，甚至失去血色，苍白。他们说我们的女儿已临近分娩了，稚嫩的脸蛋一点都没有变，还是白皮细嫩。我的妻子也在说，看样子，我们女儿怀的像是个女孩。我和女儿心态是淡定的，觉得男孩女孩都一样。

女人怀孕，周围的人都喜欢猜测，怀的是男孩还是女孩，这属于人之常情，没有什么奇怪。可亲戚朋友都在纷纷预言女儿怀的娃娃是女孩还是男孩时，唯有我的亲家公对此一直是一言不发，保持沉默。他给人的印象是，男孩女孩都无所谓，都是自己的孙孙。或者说，是男是女他知道，他心中有数，用不着我们其他人操心。

既然这样，我们也不好向他说什么，彼此间还是一直保持着沉默。

其间，呵护与关心一直伴随着女儿。

随着分娩的时间日渐临近，女儿到医院检查的次数也逐渐增多。

有一次，女儿正在接受检查，她的丈母娘站在旁边，一直紧盯着电脑里的图像看，想看出点蛛丝马迹，可她毕竟是外行，她什么也看不清，看不懂。末了，她悄悄问医生，请问医生，是男孩还是女孩？医生有自己的职业道德，并且鄙视重男轻女的传统观念，只是用冷淡的语气，轻描淡写地回答，孩子像母亲。听了医生的回答，丈母娘更加推断，自己的儿媳妇怀的是个女孩。

回到家，母女俩坐在沙发上闲聊，女儿把医生的话说给她的母亲听，这似乎也更加坚定了她母亲此前的推测。

那一天，已经是午夜，凉山州妇幼保健院灯火通明，在高高的八楼，在关得严严实实的产房门窗外，不足十平方米的过道上，气氛紧张。我们夫妻俩，女婿，亲家公和亲家母，我们都静静守候在这里，期盼女儿顺利生产，期盼婴儿响亮的哭叫从产房里传来。

女儿是否顺产？母婴是否安全？无法回避的担心和疑虑，搅得我们在这个狭小的空间里，坐也不是，站也不是，只好来回踱步以此度过这段漫长的时光，真叫心神不宁，坐立不安。

我的妻子和亲家母坐在一起聊天。她俩聊到女儿怀的孩子时，都说像女孩，她俩的看法一致，语气甚至是肯定的。可亲家母还讲了一件让我们多少有点意外的事。她说："前不久，孩子的父亲告诉我，他做了个怪怪的梦。他没有告诉我梦见了什么，他说以后再说。"

汉族人有周公解梦的说法，我们彝族人也有释梦的说法。

小孩梦到在天上飘飞或升空，是在长个儿。成年人梦见鸟儿，要得感冒。梦见牛打架，是凶事。梦见在砍伐郁郁葱葱的大树，要发财。孕妇家里的至亲梦见缝缝补补的针线活，那她怀的一定是女孩。

可自己丈夫梦见的是什么呢？亲家母一直在疑虑与期待这个梦的答案。

这时，正对着过道的电梯门开了，走出来两个年轻小伙子。产房的窗户也正好同时被医生打开，里面的医生问："49床的家属呢？""在！""来签个字。""好。"刚来的两个小伙子凑在窗口把字签了，然后顺便问了一句："医生，怎么样？"医生说："要生了。"，亲家母、女婿、我的妻子抓住这个时机，也问了这位医生："医生，37床怎么样？"医生说："37床还没有生。"三个人有些淡淡的失望，只好回到原位，继续等待。

我们的眼睛一直盯着窗户，耳朵贴在窗户上，心头一直期待着窗户被打开，默默为里面的女儿祈福。

凌晨 2 点零 6 分，终于从宁静如水的产房里盼来了一阵婴儿的哭叫声，我们都凑到窗口听，那会儿，我们激动得心都快要蹦出来了。因为婴儿哭叫声是那么稚嫩，那么清脆响亮，那么坚定有力。亲家母说："单凭哭声，仿佛是个男孩。"我的妻子说："希望这个婴儿是我们的女儿生的。"女婿也站在旁边希望是自己的孩子。亲家母说："但愿这个婴儿是我儿媳妇生的。"

窗户依然没有被打开，依然严严实实，我们站在窗外激动的同时，也回想起了刚才医生的话："49 号床，要生了。"难道这个孩子是 49 号床的孕妇生的？我们又怀疑刚才自己的判断与期望，又变得不那么激动了，心情渐渐归于平静。

过了一阵，窗户终于被打开了，有个医生喊道："罗丹丽的家属。""在！"我们都同时应道。医生说："罗丹丽生了个儿子，来签个字。"我们都有些激动地说："好的，好的。"我们都激动不已，凑到窗口，女婿把字签了。

而最高兴的，莫过于亲家母，她急忙掏出手机给亲家公打电话报喜。

"喂，你在哪里？"

"我回来弄点吃的。"手机那头的亲家公说。

"你的儿媳妇生了，你赶快猜猜是个男孩还是个女孩。"

"绝对是个男孩。"他的语气十分肯定。

"为什么？"

"待会儿再说。"

亲家母十分高兴地把电话挂断了。

一会儿，亲家公从电梯里出来，手里提着一个沉甸甸的食品袋。亲家母十分高兴地扑过去，拍着他的肩膀："你猜得太准了，你得了个小孙子。"可他不动声色地说了一句："我的梦从来没有出过错。"

然后他坐下来，慢慢说："我做的那个梦中，我身上挎着枪，手里握着一把刀，耀武扬威地出现在一些亲戚朋友聚会的场合。"他还说，"孕妇的直亲梦见刀枪，她怀的绝对是男孩，因为只有男孩才舞刀弄枪。每个梦都有个相应的解释。我肯定，儿媳妇怀的绝对是个男孩儿，我梦一次，一个准。"原来亲家公早已吃了一颗定心丸，有了十足的把握。

他说完，亲家母的脸上洋溢出灿烂的笑容。

我们打开食品袋，里边是几块烙得十分柔嫩的荞饼和九颗煮鸡蛋。

九颗鸡蛋——这不是他刻意数着煮的，是随便捡起来煮的。但这个"九"字在我们彝语里恰好叫"古"，代表稳当、牢固，是个非常吉利的数字，有着吉祥的意思。把它与刚刚喜得孙儿的事联系在一起，我们想，难道这不是一个很好的征兆吗？我们的心里都乐开了花。

日有所思，夜有所梦。凡是人，都会做梦。可有些人不太信梦，梦就不应验；有些人信梦，梦就应验。

我的亲家公沙马木果就是个信梦的人。

亲情树

倘若没有这些亲戚间的感情，倘若没有这些亲戚的慷慨解囊，我当时肯定是一筹莫展，只有仰天长叹，不知该怎么办了——多年后，堂兄乌合还在这样想，也常在别人面前这样说。

的确也是。自从儿子尔嘎夜间酒后驾驶，撞死一人，撞伤一人，惹出了一桩要赔偿一百万元的大祸后，作为尔嘎年逾古稀的父亲，乌合每次只要想起这件事，悲伤得心都快要碎了。

那几天，他每天除了夜里迷迷糊糊睡一会儿，无时无刻不被这件事揪心，只是在短短几日的工夫，人的精神濒临崩溃，他感到绝望，万念俱灰。

除此之外，那些天，他想得最多的两个字：亲戚。他也常常想起"人靠亲戚，猴靠树"的谚语，这句谚语反复出现在他的脑海里。在他最危难的时候，是这些亲戚，不管是城里的，还是山村里的，不管是近亲，还是远亲，一张张朴实的面孔，一个个让人留恋的身影，常常出现在他的眼前，出现在他的梦里，像是冬天的阳光，家里的火塘，时时温暖着他，成了他心灵的慰藉，成了他的希望和力量所在。

乌合原本是在幺儿子家里生活得好端端的。幺儿家有三个儿子，都在读书，虽说是建档立卡贫困户，勤俭的日子还是过得有滋有味，还是觉得温馨。况且，通过十多年的含辛茹苦，乌合把儿子尔嘎培养成了光荣的人民教师。尔嘎在西昌城边的一所小学里担任校长，乌合到该享清福的时候了。

而作为父亲，乌合也不求儿女们有多大的孝心，给予多大的回报。有时候，哪怕他只是把尔嘎有了工作，担任了校长这件事想一想，想一想其他几个儿女在农村，家家户户过得"称称抖抖"（体体面面），这足以让乌合觉得轻松愉快，心头常常是喜滋滋的。

可这下，此前所有美好愉快的心情，已经在乌合的眼前烟消云散。等待尔嘎的，是接受法律上的追究和相应的惩罚。而撞死撞伤的两个人，需要赔偿一百万元，这些烦恼事，像一块巨石，沉沉落在了这位父亲的肩上，让他几乎喘不过气来。真的是祸从天降，谁能承受得起呢，何况他是个老人！对于这家建卡户，更是雪上加霜。脱贫，对于他们家，似乎已经成了一句空话。那些日子，他还对家里的人说出了一句绝望的话："我怕是熬不过今年了。"听到这句话，一家人悲伤欲绝，常常是围着火塘，泪流满面。

路归路，桥归桥，一码归一码。救死扶伤，济贫扶弱，一直是我们山民的优良传统。众亲在责骂尔嘎缺乏"开车不喝酒，喝酒不开车"的基本常识，不遵守交通规则，目无法纪，咎由自取的同时，事故发生后，许多亲戚本着关心与同情，或亲自登门拜访，或打电话，或托人捎话，通过各种方式，纷纷给予乌合安抚与慰藉。

正当乌合被折磨得六神无主，焦头烂额时，向来古道热肠的一些亲戚提议，发动亲戚给乌合捐钱。于是，2016年3月27日，乌合在西昌城东一家叫"南坛鱼庄"的农家乐，按彝族方式，为儿子举办"拢尔摸"仪式，就是讨钱求援。

三月的阳光温暖大地。

记得那是个礼拜天的上午。一出门便觉得春风和煦。在来自同样血脉的亲情、使命、责任与担当以及怜悯之心的驱使下，早饭后，我们都纷纷从各自的家里出发。到了正午，各路亲戚朋友汇聚成一条条黑色的人流，涌到了这家事先预订的农家乐。

这些亲戚们，有的是接到了微信和电话，有的是闻讯后主动赶来；有的是来自近处城里的干部，有的是来自偏远山村的农民。

亲人们一到这里，见到乌合，都把他围得水泄不通。一个个握住眼前这位让人怜悯的老人的手，问候他，安抚他，鼓励他，给他生活下去的信心，给他面对现实的勇气和力量。所有前来的亲戚们，通过安慰、开导和鼓励的方式，共同分担眼前这位老人身上的痛苦与压力。

午后，除了几个年轻人在墙角处宰杀一头牛，张罗下午的答谢牛席。几个年轻人在抬啤酒，在人群里敬酒外，其余的亲人坐成了黑压压的一大片。

到了点明今天主题的时候了。我轻轻提醒了坐在旁边的另一位读过书的堂兄，他是今天的主持人，他站起来替乌合说："在座的众亲，今天劳驾你们了。乌合已经像是崖上的枯树，圈里的老牛，到了行将入土的时候，可谁也没有想到，儿子却给他惹出这么大一桩祸来。眼下，儿子该接受什么样的惩罚就接受什么样的惩罚。可包括死者伤者，一共需要给家属赔偿一百万元，这对乌合是个天文数字。他的其他几个儿女们卖房卖牛羊，砸锅卖铁，倾家荡产，筹集了七十多万元，现有二十多万元没有着落。我们彝族自古就有谚语'人靠亲戚，猴靠树'，只有靠在座的各位亲戚朋友们每家凑一点，把这件事摆平了。"他说话时有些激动，但言简意赅。

他的话音刚落，坐在旁边的乌合硬撑起被压得萎靡不振的身躯，颤巍巍地站起来，右手端起一只酒杯，面对亲朋好友说："各位亲戚，我已经是个快要活到80岁的人，这辈子酸甜苦辣，什么日子都经历过，经历过失去亲人的痛苦，也见识过人间最悲惨的天灾人祸，到了这把年纪，万万没有想到，不成器的儿子闯出这么大的一桩祸。只有拜托你们各位了，我会把你们的情义永远铭刻在心。如果真的有来世，我会在来世报答你们。现在我用手中的这杯酒，敬在座的亲朋好友们。"然后他弓着腰身，双手捧起满满一杯啤酒，举过头顶，然后饮下了这杯感谢亲戚和表示过意不去的满酒。

眼前黑压压的人群鸦雀无声，静静地聆听两个堂兄的话。

院里一直无风，温暖的阳光静静地停留在每张朴实无华的面孔上。有人不停地点头示意，有人向乌合投来同情的目光，有人向他敬酒，表达内心的恻隐。有人率先说，众人拾柴火焰高；有人说，一根手指捡不起一颗豆；有人说，十人共抬一根梁就轻；有人说，自己的头发只能别人理；有人还说，单则易折，众则难摧……都是在围绕眼前堂兄的遭遇，强调同甘共苦和患难与共的道理，强调团结就是力量，团结就能克服和战胜困难。

这时，几个年轻人从屋里抬了一张桌子，一根长凳子，摆放在旁边，摆成了一个简易的收礼台。

亲人们都是有备而来，已按捺不住内心的激动，有人拿出身上事先揣好的钱，迫不及待去交给收礼金的人，其他人也陆陆续续排队去交礼金。

此前，婚宴、奔丧宴、升学宴……各种宴席我参加过不少，现在国家规定严格，收敛了一些，每次到场的亲朋好友还是很多，因为那是一种礼尚往来。可今天不一样。今天是一个行将入土的老人为蹲在看守所的儿子举办的讨钱宴，大家都知道，这个钱分明是还不回来的，说白了就是捐献，有去无回。但亲人们处于传统的礼节和对亲人的怜悯，根本没有考虑这个钱今后是否能收得回来，其主动、积极和热情程度，不亚于参加一场大型的婚礼。

这方面，彝族人有古老且良好的传统，这个人曾与你有过什么过节，甚至哪怕是有什么深仇大恨，可他一旦遭遇什么天灾人祸，遇到索赔偿命的事，也会摒弃前嫌，向他伸出援助之手，更何况现在是一个亲戚遭难。

送礼金的人，争先恐后，就短短的一会儿工夫，把两个收礼人围得密不透风。

两个人只好一边收，一边打招呼，不要挤，慢慢来。有的捐两百，有的捐三百，有的捐五百，有的捐一千元，数额不等。来自山村的农民亲戚，正值春播，家里需要购买化肥，而且几经周折，有的换乘几次车，才来到西昌，花费不小，家里的状况也不是很好，全凭一颗亲戚心而来，自然捐得少一些。城里来的职工亲戚们捐得多一些。在眼前三百多号亲戚里，捐得最多的是两个侄子老板诺尔日伍和诺尔安徽，各捐了两万元，赢得了所有亲朋好友的一致赞赏。

一双双伸出来递钱的手，结实有力，那是一双双充满人性的手，温暖的手，更像是无数根伸出来搭救人的树枝。而此时，堂兄就是一个陷进泥淖里的人，他正在靠这些树枝一样的手一步一步往上爬。

当时，我回想起了刚才堂兄说的那句谚语。其实，岂止是猴靠树，在我们这个彝人族群的生活世界里，人也一样，亲人间的情也是一棵树，是一直生长在彼此心灵上的一棵树，是生长在由亲人们共同的家谱、共同的血脉和亲情筑成的大地上的一棵棵树。

不是吗，在寻找姻缘，彼此攀亲时，首要的是看看对方的"根"是如何，根系是否庞大，是否枝繁叶茂。人们常用树来比喻一个家族，一个家族就是一棵树，还往往用枝繁叶茂来形容一个富裕的家，相反，用枯树来形容一个正走向衰败的家庭。

有时候，这棵树正在怒放迷人的花朵，飘香四溢，供亲人们驻足观赏；有时候，这棵树结出了累累硕果，果子成熟了，供亲人们品尝和解渴；有时候，这棵树长成郁郁葱葱的参天大树，供亲人们在骄阳下乘凉或为亲人们遮雨挡风。

事实上，回想我们这些山里人的历史，尽管拥有快乐的精神，可家家户户一路还是与贫寒相随而来。遭遇天灾人祸，生老病死，学生娃娃读书缺钱，自己家里一时半会儿拿不出那么多钱来，而实实在在被"穷"字拦住，出现焦头烂额之时，有谁不是接受了亲人们力所能及的帮助，哪一次不是靠亲戚出手相助来渡过难关的呢？就说一个寨子里有老人去世，附近寨子里的众亲必定要来奔丧，需要吃住，只靠家属，根本承受不了沉重的接待压力，怎么办？此刻都是靠邻居亲戚相帮，共渡难关。

直到今天，在一些十分偏远的寨子，听说谁家的女人生孩子，前来助产的、抱鸡提蛋来的、拿蜂蜜来的、做饭的、煮开水的，很快会有十来个女人出现在这家人的火塘边，出现在需要照料的母婴身边。

现在倒是好多了，国家实施精准扶贫，采取修建通村公路、保障义务教育、保障医疗卫生、保障住房、牵电引水、产业扶持和低保兜底、鼓励外出打工等一系列扶持政策，把山村拯救于贫困之中，缓解了许多压力。

眼前的两个收礼人一直忙得不可开交。礼簿记了一篇又一篇。桌上礼钱越收越厚，收完最后一个人的礼钱，两个收礼人把钱拿来一数，恰好是个整数——二十五万元。整理好，堆放在桌上，成了厚厚的一堆，成了一堵墙，把两个收礼的人挡在了另一边。这么多钱，对于今天所有前来捐赠的亲人来说，是举手之劳，是零头，不会影响他们的家庭生活。但对于乌合一家人来说，这无疑是一笔丰厚的钱。特别是对肇事者——尔嘎，他一个小学教师，月薪不过在四千元左右，一家三口人，稍稍一算，将近五年的时间不吃不喝不穿地生活，才能攒够这些钱，更何况这是绝对不可能的。更宝贵的是，筹足这笔钱，拿给死者伤者家属，对他们能起到一些物质和精神补偿，能够求得他们的同情与谅解。

数钞人"唰唰唰"的数钞声，就像是一阵阵春风，荡漾在人群里，亲人们愉快的心情也随之荡漾开来。

最后把二十五万元如数点给乌合时，他感到周身热血沸腾，觉得是一种无上的荣耀，是亲戚们给予的荣耀。绝望的内心里有了希望，他激动得不知所云，嘴唇嗫嚅，只是在不停地表达真诚的谢意。

堂兄乌合起来接钱的双手一直在颤抖。想想，那是一双曾经十分结实有力的手，是一双握过枪，用过斧头，用过刀，用过犁，用过锄的手；是一双宽大勤劳的手，坚强的手；是一双操持了一个家一辈子的手。可今天何故变得如此颤抖呢？也许是上了年纪的原因，也许是在亲人们的贴心同情和厚礼相帮面前，乌合整个人变得十分脆弱了。

亲人相聚，多半是久违了，一见面，打开话匣子，除了讲眼前捐钱的事，还聊各自家里娃娃的事，当下的一些时事，生产生活，脱贫攻坚……亲人聚在一起，有聊不完的话，聊不完的事。一不留神，太阳已落到西山，一个掌厨的年轻人站在厨房门前，说是可以进餐了，似乎没有人听，仿佛意犹未尽。几番催促后，满院里的人才陆陆续续移进了宽敞明亮的平房餐厅。

三十多桌席，每桌有一簸箕手抓坨坨牛肉，一簸箕荞粑，一簸箕煮土豆，一盆牛肉汤，一份炒青菜，热气腾腾，简单实惠，又不失礼节。

开席了，每桌都坐满了客人，我领着堂兄乌合，一桌一桌地给客人们敬酒。堂兄还是不停地说谢谢。他的心被亲人们的怜悯、热情点燃了，他激动得满脸通红，眼里满含热泪。

太阳已落进山坳，撵人似的黄昏已来临。亲戚们陆续退出酒席，可这些重情重义的亲戚们个个都不肯立马离去，久久滞留在院坝上，舍不得离开。院里依然是一片黑压压的。再一次证明，亲戚朋友凝聚成一种力量，汇聚成一种精神，为遭遇不幸的亲戚朋友分忧解难，为党和国家排忧解难，我想，这是一件好事。

　　这场突如其来的灾难，让乌合的另外几个儿女家不但在心理上遭受了沉重的打击，每家人还责无旁贷承担了十多万元的赔款，家庭经济受到了重创。可他们没有气馁，没有绝望，反而是变压力为动力，重整旗鼓，加倍努力。在家里劳动和放牧牛羊的，早出晚归，披星戴月；在外地打工的幺儿子，加班加点，不怕苦不怕累，拼命挣钱，在很短的时间里恢复了元气。

　　亲戚们没有让曾经一度精神濒临崩溃的堂兄乌合倒下，反而是让他坚强地站立起来了，也没有让侄子尔嘎垮掉。

　　事隔四年后的今天，侄子尔嘎缓刑期已满，回到老家，只是从校长变成了一个地道的农民，从讲台上下来，站在了土地上，他觉得有些不甘心。

　　他兄弟家的脱贫，没有落下，没有拖全村全乡的后腿，依然如期顺利地接受了脱贫攻坚验收，摘掉了一直戴在头上的贫困帽。

　　通过贷款，共同拼拼凑凑，他们家买了三十多头牛，成了养牛户，尔嘎整天跟随牛群在故乡的山野上放牧。他的父亲，我的堂兄乌合呢，整天弯着腰在屋前屋后转悠，照看着幺儿子家的那些猪鸡，围着牛圈，抱草料喂牛，打扫卫生，依然是闲不住，其精神比起四年前77岁的时候还好了一些。

德　古

　　一个人热爱自己出生成长的山寨，心系故乡，其方式是多样的。有的人选择了劳动，一生守候自己的家园；有的人读书工作，在镇上当医生，当教师，救死扶伤，培养后代；有的人走出去了，在外面发迹后，拿着钱回来搞家乡的建设；有的人在外面闯荡，凭借自身的一副歌喉或一支妙笔，一直歌唱自己的家乡。

　　阿苏作古意外地选择了"德古"

　　何谓"德古"呢？"德古"伴随着我们彝族古代社会的产生而应运而生，在社会群体中，因人品高尚，民间学识渊博，长期处事断案果断，不偏心，不徇私，不贿赂，客观公正，而值得人们信赖，受人尊崇，自然形成的，是专门调解民事纠纷的德高望重之人。

　　我们彝族先辈们早已有谚语：富贵为首，"德古"为次，英雄为尾。把"德古"放在了仅次于富贵的位置上，这充分体现了"德古"的重要。

　　说起来也像是有缘。我还是从小挑担嘴里知道阿苏作古这个"德古"的。那是在一个暖和且阳光明媚的周末，我与小挑担阿力一起在西昌的一家茶楼里喝茶，边聊边喝，我们聊着聊着，不经意间，他聊到了最近自己一个亲戚的一桩命案和我向来很感兴趣的彝区"德古"

　　他说："就在前不久，我的一个叔叔给邻寨一家人念经做法事，本来法事都已经做完了，叔叔坐在门前的阳光地上，准备抽完一杆兰花烟就离去。正抽着烟，那家男人悄悄拿起一把斧头，朝叔叔的身上猛砍，叔叔猝不及防，当场被砍死在他家门前。命案发生后,两个家族的人都卷进了这桩命案。凶手当场抓捕归案。我们这边的人做了灵柩,把尸首放在那家人的门前,要求对方赔偿人命,不满足要求绝不抬人上山火葬,把那家人围得水泄不通。对方坚持说,凶手是个患有精神病的人。有人来轮番调解了几次,好几天了一直都没有成功。两个家族的人吵闹不休,已经到了群架一触即发的地步,两个寨子也不得安宁。"

"那最后是怎么解决的?"

他说:"最后是请来我们喜德县大名鼎鼎的德古——阿苏作古,是他摆平的,也给那家人解围了。两个寨子这才恢复了往日的宁静。"

"阿苏作古?"

"是,一个叫阿苏作古的德古。"

"他真的那么厉害吗?"

"真的厉害,我们喜德县境内没有他调解不了的纠纷,他是我们喜德县有名的德古。"

我不由地抬起眼,远远望向地处北部凉山的喜德县,想起了那些古朴的村村寨寨。我仿佛看见了一个人的身影,他怀着一颗善良的心,凭借一身学识,一年四季走村串户,行走在一桩桩民事纠纷的波峰浪谷间,他所走过的地方,总是会留下平静。我从内心里对此人产生了极大的兴趣,并萌生了想去拜访他的念头。

第一次驱车来到喜德县去拜访他,我们一见如故。他热情好客,说话直爽,喜欢说些掏心话。看得出来,他熟谙彝族文化。作为一名"德古",虽然不说是要求他具备上知天文,下知地理的渊博学识,但懂得一些彝族传统文化,懂得一些习惯规矩,这也是一个"德古"起码必备的文化素养。

自那天,我闯进了他的生活,踏上了他所走过的路。

七十年前的一个早晨,他出生在喜德县贺波洛一个叫沙果达的普通小山寨。

那时候,作古家境贫寒,吃的穿的,只能算是勉强过活。小作古在母亲温暖的怀抱里成长。会下地走路后,一直在地上摸爬滚打,每天阳光当衣穿,

德　古

尘土当饭吃。小作古长到四五岁时，身上还是一丝不挂，整天赤条条地在寨子里玩乐。

然而，成为一个"德古"并不是一蹴而就，也不是凭空而来。"德古"有他必备的成长背景，就像一棵树的生长，需要它赖以生长的土壤，还需要不可缺少的水分，需要阳光，还得有自己的追求与向往。

大凡是有人居住的地方，多少都会存在邻里之间的摩擦，甚至是不和，人们难免会为了一些鸡毛蒜皮的事，出现小矛盾小纠纷，有的地方甚至也会出现大案要案。这个叫沙果达的小山村也不例外，平时生活中出现一些大大小小的民事纠纷是常有的事，这自然孕育出了作古的父亲和爷爷这样的"德古"。

作古从小在父辈都是"德古"的氛围和熏陶下成长，从小就耳濡目染。

1949年后，乡上开办了学校，八岁那年，作古有幸被父母送进了一个叫阿渣克祖中心小学的学校里读书。

从小学到初中，作古读书十分认真踏实，听课专心致志，做作业一丝不苟，由此小小年纪就博得老师们的厚爱。

作古从小就不贪玩。每天放学回家，把小小书包一放，他就去帮母亲做事情，去背柴，打猪草。那时候，作古虽说是个小孩子，他表现出了有别于其他小孩的地方，他跟其他孩子不一样。他有一颗包容的心，善解人意，凡事以和为贵。在学校，同学之间，上下课进出门，相互拥挤，抢座位，一不小心相互碰撞，经常会发生一些小摩擦，甚至吵架打架，这时候，作古总是会出现在扯皮的同学中间劝架，凭一颗善良的心，一腔热情，控制住事态。他喜欢主持公道。而他自己呢，每每遇上这样的事，总是谦让别人，一直把"是我的错，我的错"这句话挂在嘴边，本来已经找上门来的烦事，就这样一次次被他拒之于门外，被他扼杀在摇篮里。

作古的亲舅舅里有一个是懂彝文的，作古见他常常用彝文写书信，记事，记工分。这些对作古有着极大的影响。在认真读书，认真学习汉语汉文的同时，十二岁那年，作古开始自学彝文，他从学写自己的姓名开始，然后学写自己父母的姓名，学写兄弟姐妹的姓名，同学的姓名，老师的姓名。渐渐，他对彝文产生了浓厚的兴趣。在家中，寨子里每逢婚丧嫁娶，长辈们在这样的场合，都要发感慨，要说彝族格言谚语，小小作古爱去凑热闹，而每次他都是尽力把长辈们的这些精彩动人的格言谚语记在心上。这样的场合他参加的次数越多，日积月累，他所记住的格言谚语就越多。

认识了一些彝文，懂了一点格言谚语，他想到了在大西南彝区广泛传诵的古典名籍《勒俄特依》《玛牧特依》和叙事长诗《妈妈的女儿》，他设法把这些古书找来阅读，他越读越爱不释手，并能把其中大段大段的内容背诵出来。同时，他的语文数学成绩也很不错，在班上名列前茅。这为后来作古能走上彝汉双语双文之路奠定了良好的基础。

作古他们是九兄妹，他自己排行老六。家里人口多，开销多，花费大。那时候记工分，九兄妹都还小，一大家子人，劳力只有父亲母亲，挣的工分少，意味着年终结算所得的钱也就少，他家在年终所分获的钱，在本生产队，甚至在全村都是倒数第一，这让父母觉得没有脸面，在别人面前抬不起头，家里的吃穿用度也非常困难。经过一番思想斗争，那年作古连初二都没有读完，就不得不被父母喊回家，给生产队放猪放牛羊，挣工分。

生产队里，年轻人之间时常发生矛盾，由此引发的民事纠纷，时有发生。这时候，人们都总会想起作古的父亲，要请他出面协调解决，哪怕再忙，有再重要的事，作古的父亲从不推辞。

孩子多半都是自己父亲的一条尾巴，作古也不例外。每当父亲出门去调解事情，作古必然要跟着去，父亲也愿意带他。作古深深地记得，只要不刮风下雨，村部的院坝上，村口的大树下，寨子附近的垭口上，都曾经是他父亲调解纠纷的地方，留下了他关于父亲在人群里舌战双方的记忆。他还记得，当事的双方都是气势汹汹地来，坐成明显的两拨人，两个阵营。经过他父亲的一番苦口婆心的调解，最后都是握手言和，高高兴兴地离去。

每次调解一桩事，作古都坐在他父亲的身边，认真听，认真看，注意父亲调解纠纷的方式方法和特点，久而久之，作古默默总结出了父亲每次调解都能取得圆满成功的法宝：一是口语表达能力强，既懂彝族文化和处理事情的传统规矩，又懂当时的国家政策法规；二是作古觉得父亲很会巧妙掌握人的心理动态，父亲每调解一起事，先是抓住双方的主事人，聊一些共同关心的事，拉近双方的心理距离，调解气氛，然后认真倾听双方的陈述，看看双方的面目表情，愤怒程度，认真分析其中的来龙去脉，抓住该由谁负主要责任，谁负次要责任。这些都被作古看在眼里，记在心上。

有一两次，父亲出门在外，队上社员之间发生了一些小小摩擦，已经是个青年的作古主动找上门去沟通与交流，他搬用了父亲的那一套方法，最后成功化解了纠纷。至此，已经有人开始在背后议论作古，说他也准能成为一名很好的"德古"，他自己也确实爱上了这个事业。

1972年，二十二岁的作古通过招干，找到了一份工作，供职于乡政府。在一个偏远的山旮旯，能有一份工作，实在是不容易。作古十分珍惜这份工作，后来还当过乡长、乡人大常委会主任、乡党委书记。他一边努力工作，一边针对当时的农村民事纠纷特点，埋头于杀人放火、打架斗殴、悔婚私奔、盗窃方面的一些法律法规的研究。他还结合当地实际和民族特点，认真研究彝族习惯法等。由于他掌握了大量的法律条文和彝族民间民事常识，再难再复杂的民事纠纷到他这里也迎刃而解，他已经是名声在外，前来邀请他去调解的人越来越多，他调解的范围已经从本寨本村本乡逐步扩大到邻寨邻村邻乡。工作之余，他几乎是奔波于为人调解的山路上……

直到2010年，作古退休了。他有了充足的时间从事调解职业。他认真学习，继续巩固提升原来学习过的法律法规，还结合新的形势下新的民事特点，认真寻找调解事情的基本原则和根本方法，效果越来越好，他越来越受人欢迎。

自从党中央国务院开始实施精准扶贫，推进脱贫攻坚后，作古一直关注村里的脱贫事业。他看到山村交通基础设施有了很大改善，老百姓在教育和医疗卫生上得到了许多实实在在的实惠，农民收入和生活水平有了明显提高，每年每个村每个寨都有贫困户脱贫。同时，在实施这项千秋伟业的过程中，在贫困户和非贫困户之间，贫困户内部，难免会滋生一些矛盾。有的非贫困户因为自己未能评为贫困户，耿耿于怀，经常找村组干部争吵。有的家里没有人吃低保，便去找村组干部争吵。有的没有获得房屋改造项目，便去找村组干部理论，甚至有人跑到乡里县里去反映。

于是，针对这些新的矛盾纠纷，作古认真钻研脱贫攻坚有关政策措施和业务知识，贫困户的识别标准和认定条件。他认真钻研彝家新寨、易地搬迁、危房改造的建设用地等有关政策知识和政策要求。他常常积极主动去找这些非贫困户，找到那些对村组干部不满的村民，反复解释，说明，讲道理，消除彼此心中的疑虑与厌恶，把矛盾化解在萌芽状态。这几年，他所调解的类似的民事纠纷，不计其数。

今年7月的一天，我又一次来到贺波洛乡团结村。一条新铺就的通村脱贫水泥路，把我和同路而来的作古引进了一个小寨子，寨子被一条潺潺小溪一分为二。

热烈的夏日里，小溪两岸草木茂密，沿着小溪，一棵棵高大的核桃树把路人的目光勾上天空，枝头上缀满了青果，向四周弥漫苦香的气息。从沟底到两边的山坡上，玉米茂密如林，其中点缀了零零星星的白房子，据说是脱贫攻坚的房屋改造项目，与以前的山寨比之，真是别有一番气象。

一户户人家房前屋后的树下，都系着一头肥壮的红耕牛，地上总是有一堆牛粪，弥漫一阵阵浓烈的气息，那是乡野富足的味道。

有个熟人见了作古和我后，一边迎上来握手，一边问作古："德古阿莫（大德古），久违了，真是稀客，方圆几十里好久没听说有什么纠纷了，今天你来是……"作古回答："我今天不是来调解事情的，而是陪身边这位朋友到我们山寨来走一走，看一看。"这个熟人说："哦，是这样的！"然后他引领我俩走了几户人家。所到之处，村民们亲切而热情地招呼作古，话语间，明显地感觉到作古有恩于他们，他们曾经有求于作古。

较之其他我所走过的乡村，每次我走进喜德县的一些村寨，总是觉得这里的人们彼此不存在仇恨，没有矛盾纠纷，没有吵架闹架，没有听说有人打官司，村民们一心一意抓劳动生产，种植荞麦、洋芋、燕麦和少量的玉米，饲养牛羊，勤劳致富，村民们一直过着宁静的生活。那是因为有政府的领导，有改革开放、精准扶贫和各项惠民惠农的政策措施，有村民自身文化素养在逐步提高等因素。同时，也与名扬四方的"德古"阿苏作古不辞辛劳，一年四季到处奔波调解纠纷密不可分。就像阳光凭借自身的炽热，能把大地上的冰雪融化，作古就像是阳光，一次次把人们对彼此的不理解、误会、厌恨、仇视融化了，把一件件纠纷与矛盾化解于萌芽状态，守护了一方人的和谐。

一定程度上，他也是为当地政府排忧解难，减轻了乡镇领导干部的工作压力。

时光飞逝，时间对于作古弥足珍贵。眨眼之间，今年已经是作古被喜德县人民法院聘请为人民调解员的第十个年头了，这十年说长也不长，说短也不短，而被他调解的那些民事纠纷数不胜数，他很好地诠释了"德古"这个职业的内涵，保一方平安是他毕生的追求。